Le Silence des ogres

Du même auteur

Attendre, Flammarion, 2010 ; J'ai Lu, 2012
Les Petites Mères, Flammarion, 2012
Diane dans le miroir, Mercure de France, 2015
Ce qu'il faut d'air pour voler, Le Passage, 2021
Pas la guerre, Le Passage, 2022

Sandrine
Roudeix

Le Silence des ogres

roman

CALMANN
LEVY

Ouvrage publié sous la direction de Capucine Ruat.

CALMANN LÉVY
ÉDITEUR DEPUIS 1836

COUVERTURE
Maquette : olo éditions
Illustration : © Cécile Baldewyns

ISBN 978-2-7021-9163-7

« Peut-être que toute la question de l'écriture, c'est le loup.
Aller vers le danger, tomber sur quelque chose
qui pourrait l'inciter à montrer les dents,
gronder et terroriser l'autrice. »

Deborah LEVY

1

Tout commence par un prénom.

C'est un prénom banal. C'est un prénom électrique. Un inconnu s'approche de moi lors d'une manifestation littéraire à Toulon. Il est grand et son corps massif me domine. Ses yeux gris cherchent les miens. Il hésite, puis dépose le prénom sur la table devant laquelle je suis assise. Il est un ami de Patrice.

Patrice ?

L'inconnu a le regard doux.

Patrice.

Les trois syllabes restent une seconde en suspension entre nous, crépitent dans l'air qui nous sépare. Sans que je parvienne à les éteindre, mes joues s'enflamment. Je sens la brûlure. Je ne savais pas qu'un prénom pouvait brûler. C'est comme si je m'approchais d'un volcan. Comme si j'étais un volcan. Droite sur ma chaise, j'essaie d'étouffer le feu qui se réveille. Mais la chaleur est insoutenable. La voix s'infiltre partout. Le prénom résonne. Il y a un écho qui vient de loin.

L'inconnu me scrute et j'adopte un ton nonchalant. Comment il va ? Je ne sais pas pourquoi je pose la question. Je ne suis pas sûre d'avoir envie d'entendre la réponse. Mais l'inconnu se met aussitôt à chuchoter. Patrice est rentré de Guyane. Patrice a arrêté la photo. Patrice s'est lancé dans la peinture numérique. Patrice vit dans un village tout près d'ici. C'est comme *Martine à la plage* en plus triste.

Je m'efforce de garder un visage calme, pendant qu'une famille nombreuse longe l'allée en grappe devant nous. Je lutte contre mon corps qui se morcelle pour le rassembler de la même façon. Je suis un soldat. Je me demande un instant comment l'inconnu a su que j'étais là, puis je ne me demande plus rien du tout. Je tente juste de me contrôler. Les larmes sont des fourmis qui envahissent tout. Je compte jusqu'à trois. Je suis une femme forte. Je compte jusqu'à dix. Je ne suis plus une enfant.

Au bout d'un temps qui me semble infini, je romps quand même le silence. Est-ce qu'il est heureux ? Je ne prononce pas le prénom. J'ai trop peur de lâcher les chiens. Mais je sens que le mot « heureux » vibre dans ma bouche. Trop haut. Trop fort. Il râpe ma langue, assèche ma salive. Peut-on être heureux quand on a laissé un bout de vie derrière soi ?

L'inconnu enchaîne. Je savais que vous existiez, il m'a parlé de vous dès les premiers temps de notre rencontre, mais je ne savais pas que vous écriviez. Et puis un jour, il a organisé un dîner chez lui et il m'a montré votre premier livre. Depuis, je les ai tous achetés. C'est moi qui lui ai appris qu'il y en avait d'autres. Il ne le savait pas.

Mes cils s'alourdissent malgré moi.

Je baisse le menton.

Depuis mon premier roman il y a treize ans, l'homme au prénom ne s'est donc pas intéressé à moi. Il n'a pas essayé de savoir ce que je devenais. Il n'a pas cherché mon nom sur Internet ou sur les réseaux sociaux. L'inconnu ajoute que je ne dois pas m'inquiéter. Cette fois, mon corps se cabre sous la table. Qu'est-ce qui lui fait penser que je m'inquiète ? Quelque chose se fragmente dans ma poitrine, une masse informe et douloureuse, mais je ne suis pas inquiète, non. Inquiète de quoi ? Inquiète de qui ? N'est-ce pas lui qui aurait dû s'inquiéter de moi depuis toujours ? Ça aurait été dans l'ordre des choses, pourtant. Ça sert à ça, l'ordre des choses. À savoir ce qu'il faut faire. Ça sert à se préoccuper des blessés, des égarés, des oubliés. Ça sert à empêcher que les morceaux s'éparpillent et disparaissent dans un trou.

L'inconnu patiente. Il a l'air désolé. Des passants le frôlent. Il a glissé ses mains dans les poches de son jean et enchaîne prudemment. Il ne boit plus, vous savez. Tout s'éclaire. Voilà de quoi je ne dois plus m'inquiéter. Je m'oblige à ne pas me lever, ne pas fracasser la table, ne pas courir loin, ailleurs. Je suis une fille docile. Je le laisse continuer.

Après son adhésion aux Alcooliques anonymes qui a suivi votre rencontre, il n'a jamais repris. Il vient toujours à nos dîners avec sa bouteille de Coca.

Je baisse à nouveau le menton.

Et son visage apparaît.

Toutes ces années où je me suis efforcée de l'effacer.

Toutes ces années où je me suis répété que ce n'était pas un drame, pas un problème, même pas une blessure. Rien d'exceptionnel. On s'était connus. On s'était perdus. Il n'y avait pas de quoi en faire une histoire.

Je me redresse sans rien ajouter. Si j'ouvre la bouche, je ne réponds pas de moi. Serrer les dents. L'inconnu me fait un signe de tête, puis me souhaite une bonne journée en s'écartant. Mais il revient sur ses pas et se penche maladroitement vers moi. Est-ce qu'il peut lui dire qu'il m'a vue ? Le sang me monte au visage. Un goût de fer dans ma bouche.

Non.

Les trois lettres s'abattent. On dirait le claquement d'une mâchoire. Serrer les dents plus fort. Il faut que je sorte.

2

Patrice.

Je suis assise devant mon bureau en Formica rouge, dans cet appartement avec vue sur les toits de Paris où j'ai emménagé peu de temps après notre rupture, et je prononce ton prénom à voix basse. Pour la première fois depuis vingt ans, je m'essaie à cette incongruité.

Les lettres se figent comme des cristaux de neige dans l'air froid, puis se répandent sur ma bibliothèque. Se dispersent entre mes pieds nus sur le parquet. S'agglutinent dans mon dos sur la banquette jaune matelassée où je m'allonge parfois lorsque je n'arrive plus à écrire, où je rêve d'être ailleurs, quelqu'un d'autre. À ma droite, la fenêtre me renvoie un ciel de pluie. À partir de quand le réel s'incarne-t-il dans un prénom ?

Patrice.

C'est si difficile.

Depuis que ton ami est venu me parler, il n'y a plus que toi et moi. Comme si toutes ces années passées à t'oublier avaient été effacées d'un trait. Barrées découpées brûlées. Vingt ans sans te voir et je découvre que je suis toujours prisonnière de notre histoire. Je ne m'y attendais pas. Vingt ans à te chercher dans chaque visage, chaque nouvelle rencontre, chaque nouvel amoureux, chaque nouvelle amitié, chaque photo, chaque roman. Ça en fait du temps perdu.

Patrice.

Ton prénom comme une claque, comme un gouffre, comme un effondrement. Pour de vrai, disent les enfants. Tu n'es plus un fantôme et je dois m'y résoudre. Tu es ressuscité. Tu es à nouveau un homme de chair et d'os. Tu vis en France. Dans le sud de la France, a précisé ton ami. Ça restreint mon imaginaire. Ça l'attise, ça le brouille, ça empêche la fiction. Je ne peux plus t'imaginer à des milliers de kilomètres de moi, à Wallis-et-Futuna ou en Guyane, dans l'océan ou au ciel.

Tu es vivant.

Sauf que je ne sais pas quoi faire de cette information.

Si je me concentre, je peux compter nos rencontres sur les doigts de mes mains. Il y en a eu dix. Dix, comme le nombre de quilles au bowling. C'est un bon chiffre. Peut-être qu'il y en a eu d'autres, mais je ne me les rappelle pas. On ne se rappelle pas vraiment ce qu'on vit. On interprète. On invente. On arrange. Si on a confiance en soi, on affirme. Mais c'est la même chose. Le passé nous échappe et on lui court après. Les écrivains voudraient avoir de la mémoire, ils n'ont que des mots. Ils remplissent les trous. Ils comblent. Ils font semblant. Sans. Blanc.

Patrice.

Je fais rebondir les trois syllabes contre les murs de la chambre. Je les cogne. Je les jette sur le clavier de mon ordinateur sur lequel je cherche à t'écrire depuis que je sais, sur lequel je ne parviens pas à écrire, sur lequel j'ai peur de t'écrire. Ça fait vingt ans que j'ai envie de faire un livre sur toi. Les mots donnent une ascendance aux filles qui n'en ont pas. Mais mes phrases ont la couleur du vide, de la colère, de l'incompréhension. Comment écrire l'absence ? Comment écrire le rien sans tomber dans le néant ? Comment écrire ce qui nous a séparés et que j'ai oublié ? Pourquoi est-ce qu'on ne s'est vus que dix fois ? C'est un sale chiffre.

Il y a des romans qui sont comme des forêts. On les regarde de loin. On y pense. On parcourt un bout de chemin pour les atteindre. Et puis on s'arrête. Un tas de ronces nous barre le passage. Le tronc à vif des arbres nous toise. Les aiguilles des pins craquent sous nos pas comme un tapis de verre, comme un terrain miné, comme un piège. Les branches nous fouettent le visage. Les racines se déploient en un tas de petits serpents venimeux. Les araignées grouillent. Les massifs d'orties menacent. Les corbeaux guettent. On fait demi-tour.

On n'est pas prêt.

Jusqu'au jour où on calcule. Dix, ce n'est même pas un chiffre, mais un nombre. C'est un nombre bancal, asymétrique, cannibale. C'est un nombre avec un corps et une tête qui ne se touchent pas. L'un se tient debout quand l'autre tourne en boucle.

À l'infini.

À l'aventure.

3

Je viens de naître et je suis le fruit d'une aventure.

Ce n'est pas très clair.

Je suis le fruit d'une nuit qu'une femme a passée avec un homme il y a presque cinquante ans. Si je calcule bien, ça devait être un jour de décembre 1973. Est-ce qu'il faisait chaud, froid, sec, humide, cette nuit-là ? On ne se s'interroge pas assez sur le moment de sa conception, la courbe du temps en dehors de l'alignement des planètes. Ça doit bien avoir des répercussions, pourtant. Avais-tu attendu ma mère en bas de chez ses parents ? Étiez-vous allés au cinéma ? Aviez-vous dansé le rock ou le twist chez des copains ? Aviez-vous passé votre soirée chacun de votre côté, avant de vous retrouver pour faire l'amour ?

Aucune idée.

Je sais juste que tu avais dix-sept ans quand tu as couché avec ma mère et qu'elle en avait vingt. Ça fait trois ans de plus que toi. Si je continue de calculer, ma mère a fêté ses vingt et un ans deux mois plus tard et elle est devenue majeure. En février 1974, elle était donc enceinte d'un mineur. Ça s'appelle un détournement. Je suis issue d'un détournement. Est-ce que ça compte dans votre histoire ? Est-ce que ça compte dans l'effacement de ma mémoire ?

Heureusement, en juillet 1974, deux mois avant ma naissance, le président Giscard d'Estaing a abaissé la majorité de vingt et un à dix-huit ans et il se peut que tu aies été majeur à ton tour. Il se peut, car tout dépend de ta date d'anniversaire. Tout dépend si tu es né avant le mois de septembre ou après. Dans le premier cas, tu étais un adulte lorsque je suis née. Dans le second, tu étais encore un enfant.

Ne pas savoir si tu avais dix-sept ou dix-huit ans n'est pas une goutte d'eau. C'est un puits. C'est un lac sombre et glacé au milieu de la forêt. Non seulement je n'ai pas été officiellement reconnue par un père. Mais ma mère a usé de ses charmes d'adulte, Ève perfide, pour corrompre un gamin.

Femme hors la loi.

Fille illégale.

Ça en fait des ombres à la surface.

Avez-vous été sauvés du désaveu par Giscard d'Estaing ? Est-ce que lorsque je suis arrivée au monde, tu avais le droit d'être mon père ? La négative expliquerait peut-être la suite.

Ce qui obscurcit encore le tableau, c'est que quatre mois plus tard, quatre mois après que ma mère m'a donné naissance, Simone Veil a autorisé l'interruption volontaire de grossesse. Quatre mois après, pas avant. Ça signifie que ma mère n'a pas eu la possibilité de nous effacer de sa vie, toi et moi. De là à supposer que les choses auraient été différentes si elle avait eu ce choix-là, il n'y a qu'un pas.

Que je ne franchis pas.

J'ai toujours entendu dire que ma mère m'avait désirée et que, pour la première fois de sa vie, elle avait tenu tête à ma grand-mère qui la poussait à avorter. Toujours imaginé qu'elle avait voulu garder une trace de toi, son grand amour disparu. Toujours pensé qu'elle avait voulu être mère pour ne plus être fille. Toujours cru qu'elle s'était accrochée à moi pour vivre. Ne pas sombrer après que tu l'as laissée tomber. C'est la seule vérité que je connais. Tu l'as quittée.

Est-ce qu'elle t'a supplié de revenir ?

Je me suis inventé mille fois la scène. Le moment où ma mère t'annonce qu'elle est enceinte de moi. Comment as-tu réagi ?

Je vous imagine évoluer dans un film muet. Un petit appartement aux contours flous, un salon minuscule, un couloir sombre, des murs orange, va savoir pourquoi, c'est une couleur qui revient sur la pellicule. Vous êtes assis l'un près de l'autre sur un canapé en velours, vos bouches s'ouvrent et se ferment, mais je ne saisis rien. Impossible d'entendre que tu ne veux pas de moi.

Parfois, ça a lieu sur une terrasse de café au milieu d'une foule heureuse. Parfois encore, il n'y a pas de décors, juste une brume blanche autour de vous. Je suis dans la peau de ma mère et je te regarde. Je te dis que j'attends un enfant de toi. Je t'aime. Je t'espère. À ce moment-là de la séquence, tu sursautes. Ou tu soupires. Ou tu te détournes brusquement. Ou tu t'énerves. Tu finis toujours par argumenter pour que je ne me garde pas.

Puis tu t'en vas.

J'ignore si c'est toi ou ma mère qui me l'apprend, mais je trimballe aussi une autre vérité dans ma tête. Ton père a tenté de la convaincre d'avorter. Je crois qu'il lui a proposé de payer une intervention illégale, peut-être un voyage éclair dans un pays frontalier, peut-être un rendez-vous dans une ruelle discrète. Je pense au livre d'Annie Ernaux et projette pour la première fois des images sur le verbe. On parle d'un avortement clandestin. Ça se passe donc avec une sonde ou des aiguilles de grand-mère. Ça se passe dans une impasse ou dans l'appartement d'une femme engagée autant qu'intéressée. C'est glauque et douloureux. Est-ce que ma mère a eu ces mêmes visions ? Je l'imagine parfois en train de se renseigner, d'hésiter. Mais pas longtemps. Je ne crois pas qu'elle veuille que quelqu'un décide à sa place ce qu'elle doit faire de son corps. Elle est majeure et elle choisit de me garder. Ici s'arrête votre histoire.

Et commence la nôtre.

4

Je ne sais rien de toi la première fois que je te vois. Tu es un prénom et un nom notés à la hâte au dos d'une photo. Tu es un inconnu. Tu es un monde.

Je viens de fêter mes dix-neuf ans, d'obtenir mon bac, mon permis, et je m'apprête à quitter la maison de mon adolescence pour aller faire mes études dans une autre ville. Sur un coup de tête, après m'être une énième fois disputée avec ma mère qui ne m'a pas souhaité mon anniversaire ce matin-là, j'ai cherché tes coordonnées dans le vieux bottin d'une cabine téléphonique et, après m'être rendue chez toi, après avoir sonné une fois trois fois dix fois à ta porte close, je t'ai laissé un mot froissé dans la boîte aux lettres. Je t'ai annoncé que j'étais ta fille et t'ai donné rendez-vous dans un café quelques jours plus tard.

Aujourd'hui, j'aimerais me souvenir précisément de ce moment. Si je veux t'écrire, il me faut cesser de fuir. Retrouver le chemin. Ramasser des détails. Rapporter des images, des mots. Mais il y a un gouffre qui s'ouvre en moi. On dirait que j'ai tout oublié de ce qui te concerne, tout enterré sous un tas de feuilles mortes, tout balancé au fond d'un trou. L'angoisse me saisit, une sorte de vertige qui brouille mes sensations. J'ai peur de tomber. Je m'approche.

On est en septembre et je me vois attablée dans un café bourgeois aux murs peints en noir, niché dans une vieille rue bordée de briques orange. Je t'attends. Je dois avoir les mains moites, le cœur qui bat. Je dois avoir peur. L'inconnu fait peur et tu es un inconnu. Pour pallier le flou de ma mémoire, j'en ai fait un roman il y a treize ans. Mais aujourd'hui, alors que je me projette dans un coin désert de la salle, alors que j'essaie d'aligner précisément les faits, alors que je m'efforce de ne pas céder à la tentation de la fiction, alors que je voudrais dire la vérité, toute la vérité, rien que la vérité, je n'éprouve rien. Tu es assis devant moi et je t'écoute, mais je ne te ressens pas. Je ne t'entends pas. Je ne te touche pas. L'image est figée. Je me rappelle juste que je m'inquiète à un moment de tes yeux rouges et humides.

Ils prennent toute la place sur ton visage.

Je chasse ton regard et m'efforce de ne pas laisser le mien s'échapper dans ton dos, vagabonder sur un comptoir en zinc imaginaire et des rangées de bouteilles d'alcools pour en interpréter chaque courbe comme si leur description allait me protéger du réel. Je suis aussi photographe et j'ai souvent écrit ainsi. En partant d'une scène, de l'observation d'un dehors qui me permet de dérouler lentement le dedans d'un personnage. Mais c'est une fuite. Je le sais aujourd'hui. Un subterfuge pour mettre mes émotions en boîte. Les étouffer. Les contrôler entre les quatre bords d'un cadre.

Je ne veux plus écrire de cette façon.

Je ne veux plus faire semblant.

Si je déplie ma mémoire, je crois que j'essaie de ne pas me sentir impressionnée ce jour-là, séduite peut-être par le blouson écarlate et le casque que tu abandonnes en arrivant sur le dossier de la chaise à côté de toi en t'installant. Quelle est la première phrase que tu prononces ? J'aimerais la déterrer. Que dit un père à sa fille qu'il ne connaît pas ? Que dit un père de trente-six ans et des poussières à sa fille de dix-neuf ans qu'il n'a jamais vue ? Tu es plus jeune à cette époque que je ne le suis aujourd'hui. Est-ce que tu as conscience que le serveur nous prend sans doute pour des amants ? À quoi songes-tu en me regardant ? Est-ce que tu me trouves jolie ? Est-ce que tu penses que je te ressemble ? Est-ce que tu as remarqué qu'on avait le même front, les mêmes sourcils, la même forme des yeux bien que leur couleur diffère ? Est-ce que tu isoles le bas de mon visage, mes joues, ma bouche, mon menton, comme autant de mains tendues vers ton passé, ma mère, l'adolescent que tu as été ?

Tout cela, tu ne me le dis pas ce jour-là. Ce jour-là, tu me dis juste que tu aimais ma mère et qu'elle t'aimait. Que tu étais le premier homme avec qui elle faisait l'amour et que tu t'es lassé. Que tu avais dix-sept ans et que ce sont des choses qui arrivent. Au bout de combien de jours, mois ou années, je ne me le rappelle pas. J'ai pourtant dû te le demander. Les détails sont les béquilles des gens distraits. Mais les béquilles se sont volatilisées. Tu m'expliques seulement que tu l'as quittée et que tu n'as su qu'elle était enceinte que quelques semaines plus tard.

Pourquoi ce sont rarement les mères qui abandonnent leur enfant, je me le demande. Est-ce parce qu'elles l'ont porté nourri seule dans le secret de leur ventre pendant neuf mois ? Est-ce à cause du cordon invisible qui les relie à la chair de leur chair qu'elles le veuillent ou non ? Il ne se coupe pas, ce fil-là. Mais c'est peut-être aussi à cause de leur éducation. On leur a appris à tout faire en même temps. À gagner leur vie et à la donner. À prendre soin de leur famille et à s'occuper d'elles. Les hommes sont des êtres libres. Tu me le rappelles à ta manière lors de cette première rencontre. Après tout, tu ne lui as rien promis. Tu as été clair et honnête. Je n'ai jamais compris cet argument. L'honnêteté est une condition nécessaire aux rapports humains. Pas suffisante.

Après avoir descendu ta bière d'un trait, tu me confies quand même que deux ans après ma naissance, tu t'es mis à penser à moi. Tu as rappelé ma mère. Tu lui as proposé de la revoir, de former une famille, ce concept boiteux sur lequel tout le monde trébuche, mais elle a dit non. Ce que je ne sais pas, c'est si tu lui as proposé de me reconnaître.

Entendons-nous bien, je pense qu'il n'y a que ça qui m'intéresse lorsque je te regarde serrer ton verre entre tes deux grosses mains cet après-midi-là. La possibilité de revenir dans la lumière. Quitter le clan des filles sans père. Rejoindre la bande de celles qui ont un nom, une filiation, une légitimité. Le droit d'être un enfant au grand jour. Est-ce que tu as insisté pour aller bras dessus bras dessous avec elle à la mairie ? Est-ce que tu avais envie de claironner dans les couloirs que tu étais mon père ?

Je l'espère.

Mais pour une raison qui m'échappe, je ne te questionne pas à ce moment-là.

5

Son cabinet n'a pas de lumière. Mais il est à cinq minutes de chez moi. C'est une insomnie qui m'y conduit. Une insomnie et un mauvais rêve. Une silhouette sans visage m'empêchait d'avancer sur un chemin sans horizon.

J'ai ouvert les yeux, enjambé Pierre qui dormait avec moi cette nuit-là, et, sans réveiller mon nouvel amoureux, j'ai cherché un psychanalyste sur Internet. J'ai cherché une adresse dans mon quartier. J'ai cherché un homme. Après avoir consulté pendant treize ans une psychologue dont le nom de famille et les yeux noirs me laissaient penser qu'elle était espagnole comme mon arrière-grand-mère, j'ai pensé qu'il était temps que je parle à un homme.

Je me retrouve assise un matin dans un large fauteuil en cuir noir, près d'une fenêtre barrée d'un rideau beige ponctué d'une scène de chasse, face à un sexagénaire. Il est petit. Il est barbu. Il est mince. Il est légèrement bossu. Il ne te ressemble pas. Mais comme toi, il porte un jean et des baskets. Et comme toi, il a les yeux bleus.

Rapidement, je me résume. Enfin, j'essaie de me résumer. Mais je me perds dans les détails. Ma mère qui m'embrasse peu. Mes grand-mères qui m'embrassent beaucoup. Mon enfance. Ma vie d'adulte. Pierre depuis quelques mois, sans que je sache s'il va rester. Les hommes qui ont compté avant lui. Jamais vraiment. Jamais jusqu'au bout. Jamais à la bonne place. Les amitiés embrouillées décevantes rompues. Le rapport déformé aux autres. Le sentiment de vide, toujours. La tentation de la fenêtre, parfois.

Je m'oblige à être synthétique, mais je ne peux m'empêcher de digresser. Alors je me recadre. Je m'en veux et j'en appelle à ma rigueur. Je pense que l'issue de la démarche que j'entreprends ici dépend de ma capacité à lui dire tout de suite les éléments importants. Surtout, ne pas l'enterrer sous un tas de mots. Ne pas nous noyer ensemble dans le bain des débuts. Lui montrer que j'ai déjà travaillé. Je ne suis pas dupe de mes fantômes.

Leurs draps flottent partout.

Il se tait et j'entre dans le vif du sujet. C'est à cause de toi que je suis là. Je lui raconte ton abandon et la forêt effrayante qui se dessine lorsque j'essaie de me souvenir de ce qui nous est arrivé. Je lui confie ma difficulté à t'écrire, à écrire vrai, à ne pas exagérer ou minimiser. Et puis je m'interromps. Je l'invite à me couper la parole s'il me trouve brouillonne ou si je m'égare. J'ai l'habitude d'être imprécise à l'oral.

Mais il ne réagit pas.

J'observe alors les étagères rayées de manuels de sciences humaines derrière lui. Je m'excuse de ne pas savoir comment continuer. J'observe une brochette de livres à la reliure en cuir. Je lui confie que j'aime lire. J'observe le plateau vide du grand bureau en chêne clair. Je lui propose de me poser des questions. J'observe le fauteuil aux accoudoirs arrondis. Je l'implore de me guider.

Mais rien n'y fait.

Il ne rebondit pas. Il ne relie pas d'événements entre eux. Il ne relève pas mes expressions. Il ne me pousse pas dans mes retranchements. L'homme ne me parle pas. Il tousse.

Je ne suis pas sûre que ça fonctionne entre nous.

6

J'ai sept ans et je tousse.

Je pourrais aussi bien avoir neuf ou dix ans.

Ce qui est sûr, c'est que j'ai mal à la gorge et que je ne suis pas allée à l'école ce jour-là. Allongée sous ma couverture bleue effilochée, je respire difficilement entre deux cuillerées de sirop.

La scène est plongée dans la pénombre comme si on avait fermé les volets et je n'entends que ma toux qui enraye mes poumons. C'est un grognement. C'est une plainte. C'est une attente. Est-ce que mon arrière-grand-mère est venue me garder pendant que ma mère et mes grands-parents travaillent ? Est-ce que je suis seule ?

Oui, je pense que je suis seule.

J'essaie de dérouler le fil de ce souvenir, mais ce n'est pas très clair. Il y a seulement des sensations. Mon souffle creux et fatigué. Mon ventre qui se noue en projetant le vide de l'autre côté de la porte, la présence d'un voleur venu nous cambrioler. Mon sternum qui se contracte en imaginant qu'il va me découvrir dans ma chambre, se jeter sur moi et me kidnapper. La salive âcre qui s'accumule à intervalles réguliers dans ma bouche. La douceur rugueuse de la laine sous mes bras. Les traces du médicament sucré sous ma langue. Et puis la couverture en tissu rouge d'un livre qui pèse entre mes mains.

Peut-être que je suis dans la chambre de la première maison où on a habité, ma mère et moi, après que je suis née. C'est une vieille ferme qui se dresse perpendiculairement à une route de campagne. Je me rappelle la cuisine carrelée s'ouvrant sur la cour de gravier, l'escalier en bois menant à l'étage. Mais je n'ai aucun souvenir de l'endroit où je dors. Alors peut-être que je suis dans l'autre maison où on a déménagé peu après. Dans l'autre chambre, l'autre lit. Il y a toujours un lit refuge. Il y a toujours des draps où m'enrouler le soir et le matin pour m'éloigner des silences de ma mère. Il y a toujours un livre.

Je pense que je lis *Le Petit Poucet* ce jour-là, même si je ne peux pas en être sûre. Ma mémoire est un sentier aveuglé de poussière. Mais le livre rouge à la reliure cartonnée et usée des contes de Perrault jaillit pourtant de l'ombre. Je crois qu'il y a des fleurs dessinées dessus, mais je n'en jurerais pas. Je me souviens en revanche parfaitement de la gravure de Gustave Doré qui illustre l'histoire à l'intérieur du recueil. Et de mon angoisse face au dessin de l'ogre penché sur le lit des enfants dormants. Puis de ma lecture lente et prudente, et de mon inquiétude pour les sept frères. Le plus faible, haut comme un doigt, qui ne parle pas, mais écoute aux portes. Le projet des parents d'abandonner ceux qu'ils aiment dans la forêt. Et les cailloux qui sauvent. Et les miettes de pain qui perdent. Et la maison du géant monstrueux. Et son grognement affamé. Et son goût pour la chair tendre des enfants. Et ses sept filles avec leur couronne. Et la nuit.

Est-ce que tous les contes se déroulent la nuit ?

Je l'ignore. Mais je sais mon imagination qui galope dans le sous-bois tandis que je me blottis contre le matelas en guettant les craquements de la maison. Je sais l'air qui me manque et ma frayeur et mon incompréhension, lorsque le père des garçons les sème entre les arbres. Comment est-ce possible ? Comment peut-on se séparer de ses propres enfants ? Je supplie le Petit Poucet et ses frères de ne pas se laisser faire.

Dépêchez-vous de retrouver votre chemin, les petits.

7

Je caresse ta photo. C'est la deuxième fois que je te vois, mais ce n'est pas une vraie fois.

Tu n'es pas en chair et en grandes jambes devant moi, mais sur le bout de papier corné que j'ai ressorti peu après notre premier rendez-vous. Je ne me rappelle même pas depuis combien d'années il est en ma possession. Juste que quelque temps après t'avoir croisé, j'ai fouillé dans le tiroir de ma table de chevet pour l'exhumer. Ça fait longtemps que je me répète que cette image pliée et repliée est ton portrait sans en être sûre. Maintenant, je sais.

Alors ce n'est pas une vraie rencontre, non, mais ce n'est pas rien. C'est un début. C'est le début de tout. Car on va se revoir, on se l'est promis. Et ce jour où je te reconnais sur cette photo que ma mère m'a remise lorsque j'étais enfant la seule fois où elle a accepté d'accrocher des mots à votre histoire est un tournant.

Assise sur mon lit, je n'en reviens pas. Je te contemple. Je te fixe. Je t'enlace. Mes mains rétrécissent sur l'image qui grandit sous mes yeux. Ce jeune adulte en jean et pull gris, cheveux blonds presque rasés, peut-être en permission pendant son service militaire, est le trentenaire au casque noir et au blouson rouge avec qui j'ai bu un Coca.

J'aimerais déverrouiller mon cerveau pour qu'il me raconte l'après, à quel moment précisément j'ai senti que ce bonheur était trop grand pour moi, à quel moment j'ai eu besoin de le jeter dans l'air pour qu'il explose comme un feu d'artifice.

Mais mon souvenir se perd dans la forêt.

Le sentier s'éloigne entre les arbres. Un buisson de feuilles surgit. Seule la photo me reste. Et mes doigts qui l'entourent, mes doigts qui palpent et pétrissent et cajolent ta silhouette. Je me rappelle ce geste incongru. J'ai dix-neuf ans, mais dans ma tête, j'en ai deux, j'en ai cinq, j'en ai dix.

Et je suis heureuse.

Je suis en train de te sourire, lorsque j'entends soudain ma mère qui m'appelle. Je crois que c'est ainsi que les choses se passent. Mais peut-être que c'est moi qui descends au rez-de-chaussée la voir. Où se trouve-t-elle lorsque j'apparais avec mon trop-plein de joie ? Est-ce qu'elle est debout devant l'évier en émail de la cuisine ? Est-ce qu'elle est assise, installée dans le canapé en velours marron côtelé devant une émission de télé ? De brusques rafales m'empêchent de m'approcher de la scène. Je ne distingue ni son corps ni le mien. Est-ce que ça se voit sur mon visage que je ne suis plus une fille sans père ? Est-ce qu'elle remarque la rougeur de mes joues reconnues, mes yeux qui brillent, mon expression incrédule et étourdie ?

Les branches se referment sur nous, mais je ressens encore l'envie qui me déborde, la nécessité de partager la nouvelle. J'ai retrouvé mon père. Il faut que je le crie à la face du monde. Parler, c'est rendre réel. Il faut que je parle.

Je n'entends pas mes mots, mais le son revient lorsque je reçois les siens. Ils claquent. Ils tombent entre nous comme une nuée de moustiques.

Tu fais ce que tu veux, ça ne me regarde pas.

Et j'observe son dos qui s'éloigne. Son dos qui a de la vaisselle à sortir de la machine, un dîner à préparer. Son dos qui me cache son regard, tandis que le mien remonte dans ma chambre.

Tu es désormais dans ma vie, mais ma mère ne veut pas le savoir.

8

Mon psy est un homme qui ne parle pas. Je ne suis pas sûre de supporter ça.

Dans son cabinet aux murs tapissés de confidences, sur ce divan minimaliste en cuir noir où je m'allonge désormais deux fois par semaine, je commence par lui décrire ma journée, une matinée amoureuse avec Pierre, une conversation téléphonique avec ma mère qui rejoint les mots ordinaires que nous échangeons à distance une fois par mois, puis m'arrête. Il a attrapé une tablette en s'installant dans mon dos et je me demande s'il va y noter des choses sur moi ou ses pensées, peut-être une liste de courses. Pour le moment, je n'entends pas le glissement de ses doigts sur l'écran. Je n'entends pas non plus la rumeur de la rue, les mots des autres. Le cabinet est situé au premier étage d'un immeuble haussmannien du VIIIe arrondissement de Paris et donne sur une cour comme sur un monde entre parenthèses. Le silence me surprend. C'est une grotte. C'est un tunnel. C'est un abîme. J'ai peur de disparaître tout au fond et de ne jamais remonter à la surface.

Devant mon mutisme, le psy tousse, puis m'invite à exprimer ce qui me passe par la tête. Bruits de pas au plafond. Porte qui claque. Pleurs d'enfants. Il ne me passe rien. Rien qu'un vacarme de vies voisines que j'écoute distraitement.

Je balaie la pièce du regard. Lampe sans abat-jour à ma gauche, fauteuil en cuir noir face à moi, petite bibliothèque à ma droite. Je guette sa respiration. Est-ce qu'il s'est endormi ? Les minutes s'étirent et je me sens ridicule. Je ne suis même pas capable de dire des choses intelligentes à un analyste.

Cette fois, j'ai pensé à voix haute et il me reprend. Il ne veut pas de jugement ici. Comme la censure, la critique mène au refoulement. Il veut des phrases. Il veut des rêves. Il veut des pensées. Il veut des associations. C'est par les associations qu'on dévoile l'inconscient. Et tant que je n'aurai pas rendu l'inconscient conscient, il dirigera ma vie et j'appellerai ça le destin, la malédiction, l'injustice ou le manque de chance. Tant qu'il y aura un écart entre celle que je crois être et celle que je suis, mes actes resteront dictés par mes pulsions. Pour m'atteindre et permettre ce travail, je dois donc me confronter au silence. Et à ce qu'il déclenche en moi.

Il me laisse piétiner mon vide encore un instant, puis m'interroge. Ne se passe-t-il vraiment rien dans mon esprit ? À quoi pourrais-je relier ce rien ? Est-ce qu'il m'évoque un événement ou une émotion de mon enfance ? Je cherche désespérément un souvenir à déposer sur son plateau.

Au bout de quelques secondes, je lui rappelle quand même pourquoi je suis là. Je veux savoir si je dois te revoir. Ce n'est pas clair dans mon esprit. J'ai besoin qu'il m'aide à prendre cette décision, qu'il m'accompagne dans la forêt. Je redoute de m'y perdre. Le Petit Poucet savait-il le poids des ombres ? Mais il me répond doucement qu'il n'est pas là pour m'expliquer ce que je dois faire, puis se tait. Je plie et déplie mes jambes. Mon corps m'encombre. J'ai envie de vomir.

Il reprend alors la parole. Pour être bien avec les autres, il faut être bien avec soi. Et pour être bien avec soi, il faut être dans son désir. Ça a l'air si facile à l'entendre.

Il faut prendre le risque de son désir.

Il répète plusieurs fois cette phrase qui sonne comme une guillotine à mon oreille. Et il ajoute qu'il faut arrêter l'ambivalence. Car l'ambivalence entretient le non-choix. Il faut trancher, assumer, prendre le risque d'exprimer ce dont on a besoin. Quitte à se tromper. Quitte à s'opposer aux autres. Quitte à déplaire aux autres. Quitte à rester seule. La question est aujourd'hui de savoir ce que je veux.

Je ne sais pas.

Le psy répète. Vous ne savez pas ce dont vous avez envie ? On va s'arrêter là.

9

J'ai sept ans et je ne sais pas ce dont j'ai envie.

C'est le matin et il y a un homme torse nu dans le lit de ma mère. Il s'appelle Gilles. Gilles est le premier homme que je vois dormir avec elle, même s'il ne vit pas à la maison. Je sais qu'il n'est pas mon père, puisque je vivais seule avec elle jusque-là, mais je ne suis pas sûre de savoir ce qu'il est alors. Personne ne me parle et je ne pose pas de questions. J'attends.

Si je fouille dans ma mémoire d'enfant, une silhouette se détache quand même. Gilles a les joues pâles et sèches qui piquent au-dessus de sa mâchoire carrée. Des cheveux fins et blonds qu'il envoie en arrière d'un mouvement impatient de la tête. Un corps nerveux qui joue au tennis. Ou au badminton. Ou au ping-pong. Gilles a un métier propret, col blanc ou beige, sans doute dans un bureau.

Comme s'il s'agissait d'une bête curieuse, je l'observe à bonne distance. Gilles mange. Gilles dort. Gilles se douche. Gilles bavarde. Gilles s'énerve. Gilles déboule chez nous avec une sacoche gonflée de dossiers. Gilles s'emporte devant un match de foot, les jambes nues croisées sur la table en verre de notre salon, les mollets rasés fuselés par la pratique régulière du vélo. Gilles lance une bouteille de vin rouge au visage de ma mère parce qu'il est en colère. Gilles râle. Gilles rit. Gilles s'en va. Gilles revient.

Ma mère sort de manière irrégulière avec lui, lorsqu'elle m'annonce un matin, après plusieurs semaines d'absence masculine dans la maison, qu'une surprise m'attend dans sa chambre. Je viens de me réveiller et, encore en pyjama, je me rue dans la pièce sans fenêtres qu'elle occupe au fond de la maison. C'est l'endroit le plus sombre mais le plus douillet. Je pense à des cadeaux possibles. L'espoir me berce. Je me dépêche. C'est doux. Je pousse la porte. C'est sucré. J'entre. C'est chaud. Et je découvre Gilles.

Gilles réapparu.

Gilles ressuscité d'entre les hommes qui partent.

Comme si je lui avais manqué, Gilles écarte ses deux bras poilus en m'apercevant, enroulé torse nu dans une couverture brune. Il est allongé au milieu du lit deux places de ma mère et je me précipite contre sa poitrine. La pièce sent la nuit. Une odeur de sexe, de pierre et de bois chauffé, de soufre et de transpiration imprègne les murs. Je me bouche le nez. Il me demande si j'ai bien dormi. Je hoche le menton. Il me demande si j'ai été sage. Mes cheveux longs et raides cachent mes yeux comme un rideau et je meurs d'envie de repartir dans ma chambre. Mais il poursuit sans attendre ma réponse. Est-ce que je veux qu'on regarde la télé ensemble tout à l'heure ? Je dis oui. Le vinaigre de son haleine m'agresse. Le feu de son corps que je devine sous la couverture me répulse. Mais on m'a dit que c'était une surprise et que ça allait me faire plaisir.

Je me serre contre lui.

Au bout d'un moment, ma mère nous rejoint et se glisse sous les draps avec nous. Elle sourit. Elle parle fort. Elle rougit. De mon côté, je ne sais pas quoi faire, alors je ne bouge pas. Je ne veux pas que mes jambes touchent celles de Gilles. Je laisse la frontière de laine me séparer de lui, mais aussi de ma mère. Gilles n'est parmi nous, à cet instant dans son lit, que parce qu'elle le désire. Et je crois que ce désir que je perçois en dépit de mon âge me fait honte. C'est une incompréhension. C'est un rejet. C'est un dégoût que je chasse.

Allongée près de nous, ma mère semble heureuse et je me force à bavarder. Respirer le bonheur avec elle. Peut-être que je raconte une histoire lue en classe par la maîtresse. Ou mon dernier entraînement de gym. Ou un dessin animé vu à la télé. Je jette des mots. N'importe lesquels, du moment qu'ils s'enchaînent. Parler, c'est faire du bruit. C'est ne pas m'entendre, c'est ne pas ressentir. Parler, c'est m'éviter.

Mais je ne le sais pas encore.

Je souris.

10

Il y a des cris d'animaux lorsque je te retrouve pour la deuxième fois.

La sensation est floue, mais j'entends un concert de bruits sourds. Des glapissements et des râles et des halètements. Des verres se brisent. Je distingue des corps qui se poussent s'enjambent se piétinent, pendant que je te cherche du regard. Une chaise se renverse. Devant moi, dans la cour végétalisée d'un grand restaurant qui s'ouvre sur un golf, des hommes en costume de pingouin se battent comme des lions.

Tu m'as donné rendez-vous dans cet endroit peu après nos retrouvailles dans le café. Tu m'as dit que tu étais photographe et que je pourrais t'accompagner pendant ton reportage, grimper avec toi dans la voiturette, t'aider à porter ton matériel. Tu as ajouté que ce serait une occasion de passer du temps ensemble. Je t'ai cru. Debout contre la porte d'entrée, devant le spectacle d'un banquet foutu en l'air, nappe arrachée, vaisselle éclatée, j'empêche mon cerveau de cavaler et continue de te croire.

Je ne me rappelle que des flashs. Je vois des bouts de peau. Des corps qui se traînent au sol. Un flanc rougi. Un ventre gras. Une cheville qui dépasse sous une jambe de pantalon noir froissé. Une cravate qui vole autour d'un cou. Un bras tordu. La tête me tourne. Ça va vite. Je suis là, mais je ne suis pas là. Je regarde comme si tout ça n'était pas réel. Un poing s'abat sur un menton, recommence, s'acharne. Une main l'immobilise, serre une gorge. Des doigts épais agrippent le col d'une chemise et le déchirent. Il y a aussi des voix. Des voix aiguës affolées graves énervées. Des voix qui hurlent. Des silhouettes s'interposent. Ça suffit, arrêtez ! Je cherche ton visage.

Mais un voile le recouvre.

Je pense aux pères de mes copines. Je pense au père de ma cousine. Je n'ai pas d'autres pères dans mon entourage à qui te comparer pour tenter de saisir ce qui se passe. Aucun ne te ressemble.

Le voile se lève et, sans que je comprenne comment, une femme apparaît. Tu me l'as décrite et je n'ai aucun doute sur son identité. Est-ce que je l'ai vue avant ? Je ne m'en souviens pas. Est-ce que le directeur du golf la connaît et l'a appelée ? Tu m'avais dit que vous aviez rompu. Est-ce que tu lui as proposé de nous retrouver ? Sans bouger du coin de la cour où je me suis réfugiée, je l'observe t'attraper énergiquement par la taille, glisser ton bras au-dessus de ses épaules, et t'entraîner vers la sortie. Tu la suis, tête basse, puis tu te tournes vers moi comme si tu te rappelais soudain mon existence. Tu hésites, puis tu me demandes en bafouillant d'aller t'excuser auprès du patron. Je ne vois pas ton regard à ce moment-là, c'est brouillé. Mais tu insistes. Tu me demandes de lui dire que je suis ta fille. C'est pour ça que tu as bu. Parce que tu es bouleversé. La femme abonde. Oui, c'est ce qu'il faut dire.

Alors je m'exécute. Je prends mon plus beau sourire, mes yeux, ma bouche, et vais remplir ma mission.

Je suis la fille de cet homme.

Il a bu et s'est battu parce qu'on vient de se rencontrer.

11

Les fêtes des Pères m'exaspèrent.

Voilà quelques minutes que je raconte mon dimanche matin au psy sans qu'il m'interrompe. Alors que Pierre accueillait joyeusement ses filles pour le déjeuner, je suis restée quelques minutes à tourner en rond à l'étage de sa maison. J'apprécie beaucoup les deux adolescentes de mon amoureux que j'ai rencontrées depuis peu, mais je n'arrivais pas à rejoindre le trio.

Ma voix hésite et j'attends que celle du psy me vienne en aide. Mais il ne fait aucun geste. Le cabinet est toujours éclairé par l'ampoule sans abat-jour et je surveille l'emballement des ombres sur le mur en face de moi. Elles sont figées. On dirait qu'elles me guettent. Je tourne la tête vers le rideau. Les chasseurs sommeillent. Ils n'ont pas l'air de vouloir en découdre. Je croise les mains sur mon ventre et poursuis.

En allant au marché la veille, j'ai eu l'impression que plein de filles à la filiation impeccable faisaient la queue dans les boutiques. J'ai eu l'impression que plein de pères parfaits se baladaient dans les rues en tenant la main ou l'épaule de leur enfant. J'ai eu l'impression d'être une exception. Pire. Une envieuse. Et une rabat-joie.

Le psy abonde. J'entends un murmure dans mon dos. Je me dis qu'il me comprend et y trouve un certain répit. Ma réaction n'est pas si moche. Il abonde encore, puis remarque que je donne quand même beaucoup de crédit au réel. Ce que je vois ou entends est pourtant toujours imaginaire selon lui. Et comme le terme l'indique, l'imaginaire remplit le vide d'images. Ce sont des projections.

Il n'ajoute rien et le rien s'étale pendant de longues minutes entre nous. J'essaie de réfléchir à ce qu'il vient de dire, mais ça reste confus. Mes doigts s'emmêlent avec mes pensées au-dessus de mon nombril. Ça fait une cathédrale. Le silence résonne à l'intérieur et je lui demande de développer. Mais il se lève.

Déjà ?

Il me raccompagne à la porte.

Je ne sais pas comment interpréter ses mots.

12

J'ai huit ans et j'interprète les mots des adultes.

Je suis assise en tailleur, tee-shirt et maillot de bain, sur une serviette de plage étendue sur un carré de sable froid. C'est la nuit. C'est souvent la nuit dans mes souvenirs. Un feu de camp éclaire une dizaine de visages autour de moi. Il y a ma mère quelque part, des inconnus partout. On vit seules depuis sa rupture définitive avec Gilles et elle m'emmène parfois avec elle lorsqu'elle sort.

Dans cette nuit-là, je suis l'unique enfant. Ou peut-être pas. Mais j'ai cette sensation. Les voix me parviennent avec un filtre. Elles viennent d'un monde que je n'habite pas, d'un monde de grands que je ne comprends pas. Et je m'y accroche. J'entends des rires. Je capte des phrases. Je vois des ombres qui ondulent sur les rochers, des corps qui se poussent vers le bord de mer pour un bain de minuit. Au-dessus de moi, la falaise qui accueille nos tentes pour la soirée se découpe dans le ciel immense.

Je suis en train de grignoter un sandwich en écoutant les conversations, lorsqu'un homme que je ne connais pas s'assoit près de moi. Je ne sais pas si c'est un copain de ma mère ou s'il s'est agrégé au groupe comme ça arrive parfois sur les plages en vacances, mais je l'ai vu tourner autour d'elle. Remplir son gobelet de vin. Lui proposer sa veste. À chaque fois, je n'ai pas l'impression qu'elle ait fait très attention à lui. L'homme s'installe sur ma serviette et remonte ses genoux sous ses coudes pour s'y appuyer doucement en me demandant comment je m'appelle. Je ne me souviens pas de son visage, juste de sa silhouette épaisse aux épaules larges, de son ventre hâlé qui se plisse comme un accordéon dans la lumière orange, de son maillot de bain moulant qui creuse le sable pour se faire une place près de moi.

Juste de son large sourire aux dents blanches qui s'approchent pour me parler.

Je le trouve beau et son intérêt pour moi me réchauffe. Un courant électrique me parcourt de la tête aux pieds. Ça fait de minuscules étincelles dans mon corps. Il a une voix lente. Une voix comme un ruisseau tiède sorti d'un souterrain sans lumière qui coule jusqu'à moi. Et il me complimente. Il me dit qu'il me trouve jolie. Je ne savais pas que je pouvais être jolie dans le regard d'un étranger. Je me sens importante. Il m'a vue. Dans le velours de la nuit, au milieu des adultes, il m'a vue.

Je m'agite et me mets à discuter. Je ne sais plus ce que je lui dis, mais j'essaie de faire preuve d'esprit. Je veux qu'il continue de me distinguer. Je veux rester digne de son attention et du temps qu'il m'accorde. La nuit est un tapis volant.

Mais l'homme prononce soudain une suite de mots que je ne comprends pas. Quand on veut draguer la mère, il faut draguer la fille. Quand on veut draguer la fille, il faut draguer le chien. Il n'y a pas de chien, alors je drague la fille.

Je me fige. Le tapis volant s'écrase. Une vague m'éclabousse, mais elle ne vient pas de la mer. Pourquoi cet adulte veut-il me draguer ? Je ne suis pas sûre d'ailleurs de savoir ce que ça signifie à cet âge. Et pourquoi me compare-t-il à un chien ? Il a posé sa main noueuse sur ma cuisse et la tapote en me contemplant dans l'obscurité. Son visage est dans l'ombre, mais je revois ses yeux jaunes, colorés par le feu qui crépite derrière nous. Et ses grandes dents qui se penchent vers moi.

Puis l'image s'éteint avec les flammes dans la nuit.

13

C'est la troisième fois qu'on se voit et mes seins te touchent.

C'est d'abord ce contact qui surgit si je sonde ma mémoire. Mes seins contre ton dos sur ta moto. Il y a aussi mon souffle qui rebondit près de ta nuque. Depuis qu'on se connaît, nos peaux n'ont fait que s'éviter. Nos joues se sont à peine effleurées. Mais ce jour-là, tu m'emmènes rouler avec toi et c'est comme si tu me serrais dans tes bras.

J'essaie de me souvenir de l'endroit où on se trouve, de l'endroit où on va, mais aucun paysage ne jaillit dans ma tête. Aucun visage d'amis qui auraient pu nous recevoir à la fin de notre voyage, même si j'ai l'impression qu'il y en avait. Seul me vient notre trajet sans images, des sensations. La douceur d'un mois d'octobre dans le Sud-Ouest. La vibration du moteur entre mes cuisses. Des frissons qui s'éparpillent le long de ma colonne vertébrale. L'odeur d'essence et de goudron brûlé par le soleil. Le grincement des pneus. Le poids du blouson que tu m'as prêté sur ma poitrine. La pression du casque molletonné légèrement humide sur mes joues. Le tiraillement de la sangle que tu as accrochée quelques minutes avant sous mon menton, en m'expliquant qu'elle était réglée pour ton ex et qu'elle devrait m'aller. Mes yeux fermés pour ne pas voir ta bouche si près de la mienne. Seul me vient le picotement de mes doigts que je ne sais pas où poser.

À quel moment on arrête de toucher son père ? Est-ce qu'il y a un soir précis où on ne l'embrasse plus en allant se coucher ? Est-ce qu'il y a un âge où on ne s'assoit plus sur ses genoux ? Quand est-ce qu'il finit, ce lien des corps là ?

Le vent nous fouette à contresens et je crois que je suis heureuse. Oui, il me semble que je suis heureuse. J'ai envie de poser ma tête contre tes omoplates. Est-ce que ma mère s'est tenue ainsi contre toi ? Elle a bien dû grimper sur ta moto, elle aussi. Elle a bien dû se serrer contre ta chaleur d'homme il y a dix-neuf ans. Est-ce qu'elle s'est abandonnée à la morsure de la vitesse comme moi ? Est-ce qu'elle te demandait d'aller plus vite, oui, encore ? Est-ce qu'elle t'enlaçait la taille de toutes ses forces, de tout son amour, pour que tu la sentes unie à toi ?

Un père, ça se définit par rapport à une mère. Même quand ils ne se fréquentent plus. Même quand ils s'ignorent ou se détestent. Un père, ça n'existe que parce que la mère l'a accueilli au moins une nuit dans son lit. Est-ce que tu penses à elle comme moi à cet instant ?

Des images traversent un taillis et parviennent jusqu'à moi.

Je distingue nos deux silhouettes. L'incandescence du bitume me brûle les pieds, remonte le long de mes mollets pas très loin du pot d'échappement, et je m'oblige à garder le buste droit. Je tends mes bras en arrière. M'accroche aux poignées qui prolongent le porte-bagage. Contracte mes abdominaux pour ne pas sentir ton coccyx entre mes jambes écartées. Ne pas penser à mon pubis près de tes fesses. Suivre le mouvement de tes omoplates. Tu me l'as ordonné un instant plus tôt. Je dois faire corps avec toi. Rouler à droite puis à gauche avec la moto. À un moment, une voiture débouche et tu donnes un coup de freins. Avec le poids du casque, mon menton vient cogner ton épaule. Mes deux bras se jettent aussitôt autour de ta taille.

Je ne sais pas si j'ai le droit.

Je ne sais plus rien.

Pendant que la route nous avale, nos bustes se parlent pourtant sans que je sache ce qu'ils se disent. Ce que tu penses. Ce que je suis en train de faire. On est seuls. Personne ne nous attend. J'ai menti à ma mère. Je ne lui ai pas dit que j'étais partie avec toi, juste que je rentrerais après dîner. Si on a un accident, elle tombera des nues. Je t'ai aussi menti quand tu as voulu savoir si j'avais peur en moto. J'ai répondu non. Je ne crois pas qu'on ait reparlé de la dernière fois qu'on s'est vus au golf. Je ne me rappelle pas m'être inquiétée de ton alcoolémie et de ta capacité à tenir le guidon. Je n'ai pas peur de toi. Quand on est une fille, on a peur des hommes. C'est inscrit dans notre histoire. On est ouvertes et vous êtes armés. Mais les filles n'ont pas peur de leur père. C'est contre nature. Et tu es mon père.

Je ressens encore ce plaisir fou en écrivant cette phrase. Ce plaisir inédit, intense.

Tu es mon père.

Je me souviens d'avoir pensé que pendant ces quelques heures de route, rien ne pourrait te détacher de moi. On ne faisait qu'un. Tu es mon père.

Et je suis ta fille.

14

Je me suis noyée.

Derrière ma tête, le psy remue dans son fauteuil. Il me demande de préciser le terme de « noyade » et je projette la scène sur le rideau près de moi, mais c'est toujours pareil. Je peine à me connecter à mes émotions. Même quand elles sont récentes, mon corps les efface de ma mémoire.

Je ferme les yeux et lui raconte alors ma soirée de la veille, la sensation d'être transparente au milieu de vieilles copines de Pierre qui ne me calculaient pas. Et mes cils qui s'embuaient. Et mes mots qui s'engluaient. Et mon dos qui s'alourdissait. Je lui raconte la sensation d'eau dans mon cerveau, dans ma bouche, dans mes poumons. Et l'envie de disparaître. L'incapacité de rester droite digne sèche. L'appel de la fenêtre. La rue quelques étages plus bas.

Le psy réagit calmement. Il faut que vous appreniez à compter jusqu'à trois dans ces moments-là. Avant que je lui demande si c'est comme dans les exercices de méditation, il me rappelle le principe du nœud borroméen.

En géométrie, c'est l'union de trois cercles qui ne peuvent être détachés les uns des autres, mais qui sont tels que la section de n'importe lequel d'entre eux libère les deux autres. En psychanalyse, les trois cercles sont le symbolique, l'imaginaire et le réel. Le symbolique est le besoin. L'imaginaire est la demande. Le réel est le désir. On est tous constitués de ces trois états, chacun d'entre eux étant lié aux deux autres.

Je ne suis pas sûre de bien comprendre et m'enfonce dans le divan. J'ai chaud. Les coussins en cuir collent sous mes bras nus. On dirait des ventouses. Mais je pense soudain aux trois personnages auxquels je m'identifie depuis longtemps. Ils sont venus à moi lorsque j'étais adolescente et influencent régulièrement mon comportement. Il y a le soldat, la vamp et l'enfant-bulle. Un enfant-bulle au masculin, je précise, c'est-à-dire neutre, sans sexe.

Le psy s'enthousiasme.

Je ne le vois pas, mais j'entends son sourire qui s'élargit dans mon dos. Sa voix monte d'une octave. C'est ça. C'est exactement ça. Le soldat est le symbolique, c'est le censeur, celui qui juge et coupe. La vamp est le réel, celle qui agit et existe dans la pulsion. Et l'enfant-bulle est l'imaginaire, celui qui invente. Lorsque je me noie, c'est lui qui est aux commandes. C'est lui qui m'entraîne dans la forêt au fond du lac. Quand cela se produit, il faut juste que je sorte de ce personnage pour convoquer l'un des deux autres.

Il insiste.

C'est comme le jeu pierre-feuille-ciseau. Face à l'enfant-bulle, je dois proposer la vamp ou le soldat pour gagner la partie.

Ça a l'air si simple.

15

J'ai douze ans et je suis un soldat.

Ma mère vient d'épouser l'homme qu'elle a rencontré il y a trois étés dans le village de montagne où mes grands-parents partent en vacances chaque année, et je me tiens au garde-à-vous à la sortie de la mairie. J'applaudis le marié qui chahute sous un toit de skis, tenus à bout de bras par ses copains alpinistes hilares. Il est grand, brun et barbu. Il est médecin, divorcé, et danse comme Mick Jagger. Il s'appelle Daniel.

Il n'est pas toi.

Je ne me souviens que de cette image, les spatules de bois et de métal dressées vers le ciel d'hiver. Rien d'autre. La neige recouvre tout. Sous les flocons, la robe Charleston de ma mère retrouvée des années plus tard dans sa penderie. Sous le givre, le costume gris ou noir de Daniel. Sous la poudreuse, la pièce montée et la piste de danse. Tout est blanc. Blanc comme mes dents qui sourient. Blanc comme le fond de mon œil qui ne me distingue pas sur les photos. Blanc comme un fantôme. Je me rappelle seulement le tailleur pantalon à rayures marron que ma grand-mère m'a acheté pour l'occasion. Et ma fierté à porter cette veste croisée de garçon. Je suis un prince. Je suis un gangster. Le reste de la pellicule est vierge. Ma mère n'est plus célibataire. Elle a un amoureux.

Quand il n'est pas chez un patient ou à un congrès pharmaceutique, son amoureux sort ses chaussures ou ses skis de randonnée et arpente les vallées. Parfois, il dort dans un igloo. Parfois, il s'en va tutoyer les sommets de Tanzanie ou d'Argentine. Parfois, il écrit ses Mémoires d'altitude sur des feuilles volantes éparpillées partout dans le salon. Après Gilles, c'est Daniel mon modèle. C'est lui que je vois désormais sortir en peignoir de la salle de bains, cuisiner des gâteaux fantaisie, parler politique ou chanson, se baigner en slip dans l'eau glacée des rivières. C'est grâce à lui que j'enrichis ma connaissance du masculin au quotidien.

Ensemble, on part en vacances à la montagne. On s'arrête acheter des bonbons sur le bord de la nationale le samedi après-midi. On fait des balades autour de grands lacs. On dîne à quatre avec son fils, qui a trois ans de moins que moi et nous rejoint un week-end sur deux ou trois ou quatre. On assiste à des concerts de rock et à des spectacles humoristiques.

À l'exception de quelques reparties inévitables pour lui rappeler qu'il n'est pas toi, je ne me souviens pas de lui avoir opposé beaucoup de résistance. Parce que je suis soulagée, je crois. Je n'appartiens plus à l'un de ces foyers monoparentaux, dûment répertoriés dans la liste des gens en difficulté. Moi aussi, j'ai un homme à demeure. Ça s'appelle un beau-père.

Ce qui est curieux, c'est que les beaux-pères n'ont pas d'existence légale en France. Ils sont comme moi. Pas reconnus. Ils n'ont pas le droit d'aller chercher les enfants de leur compagne à l'école ou de les emmener chez le médecin sans une autorisation signée de celle-ci. D'autres pays le leur permettent, pourtant. L'Angleterre donne par exemple au beau-père l'autorité parentale aux côtés de la mère et du père, quels que soient le statut juridique et l'orientation sexuelle du couple recomposé. En Allemagne, au Danemark, aux Pays-Bas, la participation du beau-père à l'exercice de l'autorité parentale est subordonnée au fait que celle-ci est exercée par la mère seule. Ce qui est mon cas. Mais de tout ça, la loi française se fout. Et ma mère et son mari aussi, je crois.

Daniel s'installe chez nous, mais pas dans ma vie. Il ne s'inquiète pas de mes devoirs. Il ne vient pas me voir à mes compétitions de gym. Il ne m'emmène pas au cinéma, manger une glace ou acheter un nouveau jean. Il ne me console pas quand je me suis disputée avec une copine ou que j'ai eu une mauvaise note. Il ne répond pas à mes questions existentielles sur l'amour la vie la mort. Il devient mon beau-père, mais pas un père supplémentaire. Il ne se substitue pas à toi.

On partage juste des bons moments, ma mère et un toit.

16

Tu verrouilles la porte. Il y a un bruit métallique qui m'accueille la quatrième fois où on se voit.

Tu m'as proposé de venir déjeuner chez toi pour me montrer où tu habites, un bloc d'immeubles aux toits tricotés de tuiles orange près d'un hippodrome, et j'entends une clef qui se tourne derrière moi. Les souvenirs de cette journée s'agglutinent se dispersent s'échappent dans les herbes hautes, mais je perçois encore le cliquetis dans mon dos. Je revois les quatre murs blancs de ton studio qui m'accueillent au neuvième étage. Le Velux immense qui touche le ciel. La cuisine attenante qui s'ouvre sur une terrasse tropézienne. Quatre murs encore et pas d'horizon. Pas d'issue. Je ne savais pas qu'on pouvait manquer d'air au dernier étage d'un immeuble.

Dans ma mémoire, tu te déchausses et m'invites à faire pareil à cause de la moquette beige, mais je ne le jurerais pas. En revanche, l'écho de la clef me revient distinctement. Il me semble que le son me saisit, suspendant un instant ma respiration, mais que je l'efface aussitôt. J'efface mon appréhension en même temps que le geste machinal qui m'enferme avec toi. Je décide de trouver ça normal. Puis j'avance sur la pointe des pieds près de toi qui retires tes baskets.

Comme si tu étais nu, je fixe tes orteils piqués de poils blonds qui se libèrent sous mes yeux, tes ongles courts et gris à certains endroits, tes phalanges longues et étroites comme des osselets. Je crois que j'ai honte de me montrer en chaussettes. Mais peut-être que c'est moi qui réécris l'histoire. Peut-être que sur le moment, j'enlève simplement mes Converse pendant que tu balaies l'espace d'un regard clair. Nous voilà dans ton nid. Je crois que tu emploies le mot « pigeonnier », mais c'est pareil.

Tu m'incites à accrocher mon blouson au portemanteau derrière la porte d'entrée et j'essaie de me détendre en te regardant t'éloigner vers les plaques électriques. Tu es grand. Tu as de larges épaules. Une autorité éclaire ton œil quand tu t'adresses à moi. Est-ce que tu ressembles à un père ? Est-ce que ta taille, tes mouvements, ta manière de te raconter pendant que tu t'affaires dans ta cuisine ressemblent à ceux d'un père ?

Le problème, c'est que tu portes un jean clair et un tee-shirt blanc sur un corps fin et musclé et que je ne peux éviter de penser à une pub Coca-Cola. Tu es beau et tu pourrais être mannequin ou acteur. Est-ce que les hommes se transforment en devenant pères ? Est-ce qu'ils prennent du ventre, une grosse voix, des rides ? Est-ce que ta chair serait devenue molle et neutre si tu m'avais élevée ?

Alors que je piétine dans la pièce unique sans savoir quoi faire de mon corps étranger, tu me demandes si j'aime les spaghettis. Puis tu sors une casserole que tu remplis d'eau. Tu refuses mon aide et je finis par m'asseoir en tailleur sur ton lit en attendant que tu prépares notre repas. Il n'y a pas de voix dans le couloir et les appartements voisins. Aucun cri dans le jardin de ta résidence. Personne d'autre que nous.

Toi et moi sans dehors. C'est la première fois.

Ce qui se joue, je l'ignore. Tu cuisines et je patiente. Mais je ressens encore le désordre de mes émotions. L'excitation qui chasse l'angoisse du début, une sorte d'ivresse. Tu as pris une photo de moi ce jour-là et je contemple mon sourire comme si ce n'était pas moi sur le papier. Il est étonné. Il est ému. Il s'arrondit au-dessus du col roulé blanc et de la veste beige que j'ai enfilés pour me rendre élégante à tes yeux. À l'époque, on dit de moi que je suis l'enfant parfaite. Je suis jolie, lumineuse, spontanée, affectueuse. Je suis sérieuse et j'ai intégré une école de commerce après un bac scientifique et une classe préparatoire. Ma mère a paraît-il de la chance. Je suis une bonne fille. Je m'applique à te le montrer, ce jour-là.

Replié dans ta cuisine, j'imagine que tu dois me parler pendant ce temps, mais je ne m'en souviens pas. Comme dans un film, j'observe l'héroïne regarder autour d'elle. Il y a des rangées de livres alignées sur des étagères et une flopée de CD sur la moquette, une longue file de boîtiers multicolores comme dans les chambres des garçons qui me plaisent. J'aimerais me rappeler quelle musique tu écoutes. Je crois qu'elle est américaine. Ou anglaise. Du rock et du jazz. Pas de pop. Pas de chanson française.

Mais aucun nom ne se détache. Je n'ai pas retenu tes goûts. Il y a juste un album photo de Lucien Clergue qui franchit la haie de ma mémoire avec une couverture noir et blanc.

Tu me dis que tu as travaillé avec ce photographe nîmois à tes débuts. Tu me dis que tu as été tireur dans un laboratoire photo, puis photographe de mariage, avant de faire des portraits et des reportages pour des entreprises. Tu me dis que tu rêvais d'être photographe de presse, mais que tu as raté le coche, une proposition de l'Agence France-Presse il y a une quinzaine d'années, que tu as déclinée à cause de tes parents qui redoutaient de te voir partir à l'étranger. Enfin, je crois. Mais je n'en mettrais pas ma main au feu.

Après ça, la lumière faiblit, les murs se mettent à tanguer et tout s'assourdit. Je ne t'entends plus. Seul persiste la vision de ton lit qui prend toute la place autour de moi. C'est un matelas posé à même le sol au centre de la pièce. Il n'y a pas de sommier. J'effleure la housse de couette blanche un peu froissée et les deux oreillers assortis. Ils sont si doux que ça en est presque douloureux. Je me glisse dans cette douceur. Je suis cette douceur. Une tache de blancheur qui résiste à l'ombre. Puis je détaille le portant de vêtements, un tas de baskets de marque dans un coin, dont une paire bleu vif qui ressemble à celle que portait un de mes ex. Le mot « garçonnière » me saisit par surprise. Tu as trente-sept ans et tu es célibataire.

L'évidence me traverse.

Je perçois encore le choc dans mon esprit. Et la série de sons bizarres qui reviennent d'un coup battre à mes oreilles ce jour-là. Les paroles mal accordées. Les silences maladroits. Les phrases à contretemps qui sortent de nos bouches.

Assise en tailleur sur ton matelas, j'essaie de me concentrer sur la casserole de spaghettis qui bout dans la cuisine, mais les odeurs de ta chambre continuent de me troubler. C'est chaud. C'est aigre. C'est poivré. Je ne savais pas qu'on pouvait dénombrer autant d'odeurs dans une chambre. Je tente de me concentrer sur l'eau salée, l'humidité des pâtes au blé qui imprègne l'air, mais malgré mes efforts, je n'arrive pas à repousser les effluves de tes nuits incrustés dans tes draps, le parfum de tes habits suspendus à quelques centimètres de moi.

Tu es un homme, c'est irréfutable.

17

Le psy m'ouvre la porte. Il est vêtu d'une chemise bleu électrique qui bâille sur son poitrail qui frise.

Tandis qu'il tire le rideau en velours grenat qui protège l'entrée, j'ôte ma veste, dénoue mon foulard, pose mon sac, et me dirige lentement vers le divan. Mes semelles sont en plomb.

À son tour, le psy traverse la pièce et s'assoit dans mon dos. À son habitude, il me rappelle de lâcher prise. Laisser ma pensée divaguer, dérouler ce qui vient. Mais ce qui vient est désagréable. Une main sort des coussins et me comprime la poitrine. Les doigts sont crochetés, épais, serrés dans un poing qui me prend bientôt à la gorge. J'étouffe. Je pense à sa chemise décolletée. Sa chemise bleu électrique déboutonnée sur sa peau nue. Je pense à ses poils gris et noirs qui m'ont accueillie comme de petits scorpions. Je pense à son sourire trop blanc au-dessus de sa pomme d'Adam trop volumineuse.

Je pense à la possibilité qu'il ait voulu me séduire.

Mon corps se contracte.

Comme s'il m'avait devinée, le psy me relance. Vous pouvez exprimer tout ce que vous ressentez. Un goût âcre me monte à la gorge. Une vague épaisse et sale.

Le psy insiste. Allez-y. Même si c'est difficile. Même si c'est surprenant. Le cabinet est un espace protégé. Sur le rideau beige, deux chasseurs se moquent de moi. Eux aussi arborent une chemise ouverte sous leur veste cirée.

Non.

Non, je n'ai rien dire.

18

J'ai treize ans et mon moniteur de planche à voile porte une chemise ouverte.

Ma mère m'a inscrite dans un stage d'été, mais je ne sais pas pourquoi, peut-être parce qu'elle s'y est prise tard, je me retrouve dans une session réservée aux jeunes de quinze à dix-huit ans. Je crois que les organisateurs l'ont appelée pour la prévenir de la différence d'âge et qu'elle a vanté ma maturité. Je crois qu'ils l'ont recontactée quelques jours avant mon départ pour l'informer qu'il n'y aurait que des garçons et des moniteurs masculins, et qu'elle a, après m'en avoir parlé, confirmé ma présence. Ma mère pense que je sais y faire avec l'autre sexe. Ce n'est pas le moindre de nos malentendus.

Pendant quinze jours, j'évolue donc avec une quinzaine d'adolescents et trois hommes. Quand je ne suis pas sur l'eau à éprouver mes premières sensations de glisse, je me promène souvent avec le plus jeune des moniteurs. Il a dix-neuf ans, des cheveux longs et blonds, et une douceur grave dans la voix qui me fait me sentir intéressante quand il me parle. Il ne tarde pas à sortir avec la jolie serveuse de l'hôtel, mais curieusement, il me garde près de lui. Je tiens la chandelle et ça ne dérange personne. On est un trio. Quand sa copine travaille, on se balade tous les deux et on a de grandes conversations. On est un duo. On parle de la vie et de l'amour. À treize ans, je ne sais pas bien ce que je lui en dis, mais ça paraît le captiver. Le reste du temps, j'évolue seule, en retrait des garçons boutonneux qui ne calculent pas mes joues d'enfant, et c'est bien aussi. Aux yeux de tous, je suis la fille, et cette singularité me plaît. Mieux, elle me protège. J'ai une place à part dans le paysage.

C'est à cette place que je visite le dernier jour l'aquarium de la ville avec le groupe. Pour une raison que j'ignore, le jeune moniteur ne nous accompagne pas et c'est l'un des deux autres qui s'y colle, une longue gigue nerveuse d'une vingtaine d'années qui s'habille tous les jours avec la même chemise blanche déboutonnée, qu'il enfile sur son torse creux et glabre. Il a les cheveux noirs hirsutes, le verbe haut, la silhouette interminable, et je le fréquente peu en dehors des cours de planche à voile.

Cet après-midi-là, il est l'adulte référent et je le suis en silence. J'observe avec des « oh » et des « ah » muets le ballet de poissons gris jaunes verts qui pointillent les eaux closes autour de nous. Certains d'entre eux m'intriguent, mais je crois que la plupart m'ennuient. J'avance. J'attends. Si je sonde ma tête, c'est ce sentiment qui me revient. Le temps vide et perdu.

Il fait sombre et humide dans la salle et je suis en train de compter les pas qui m'éloignent de cette nuit qui m'indiffère, lorsque l'homme aux grandes jambes m'appelle soudain. Il se tient devant l'aquarium des requins et me tend la main pour que je l'y rejoigne.

Ce sont d'abord les gueules aplaties et dentelées qui émergent dans mon cinéma comme dans n'importe quel film d'horreur. Les dents pointues et blanches qui surgissent dans l'eau trouble ponctuée de spots jaunes. La peur. Mais aussi l'excitation. Le frisson du danger. Un danger sans danger. Dans ma mémoire, j'entends le moniteur rigoler derrière moi, puis émettre des sons bizarres que je ne cherche pas à comprendre. Je suis avec le requin. Je suis cette algue qui le frôle. Je suis ce rocher qui le domine. Mais le rire insiste. Aujourd'hui encore, je me souviens de ce rire. C'est un rire épais, un rire orange qui coule et graisse d'un coup l'air autour de moi.

Mais je ne me retourne pas.

Et puis, le film s'emballe. Les sensations se succèdent de plus en plus vite dans l'obscurité poisseuse et mal climatisée. Quelque chose durcit au creux de mes omoplates. Le moniteur ricane de plus belle. Il ne fait pas que ricaner maintenant. Ses genoux se plient et se délient contre l'arrière de mes cuisses. Son sexe, à peine distancié par le tissu de son maillot et mon tee-shirt, se colle à ma colonne vertébrale. La pression de son bassin me plaque contre la vitre. Les adolescents autour de lui s'esclaffent de plus belle. Et je m'écrase. Je m'écrase contre la paroi en verre, les requins, les algues, les rochers. Je m'écrase contre cette carcasse de jeune adulte qui s'amuse.

Pendant un moment, je me cherche dans l'eau. Je ne sais pas quoi faire d'autre. Puis je m'oblige à pivoter. Et je me retrouve à la hauteur de son ventre, le nez dans sa chemise blanche ouverte, les lèvres pas loin de sa peau nue et bronzée parsemée de quelques poils qui se dandinent comme des asticots. Ça sent l'animal et le déodorant bon marché. Et puis ça ne sent plus rien du tout. L'aquarium disparaît. Je ris. Je m'échappe.

Tout s'évanouit.

19

À quel moment tu m'apprends que ton ex est enceinte de toi, je l'ignore. Est-ce qu'il y a une conversation où tu m'annonces que tu es à l'hôpital et que tu es l'heureux papa d'une deuxième fille ?

Le temps file, peut-être un an depuis nos retrouvailles, et je continue de me perdre dans la forêt. Mais je me rappelle un après-midi passé à boire le thé chez elle. J'ai vingt ans et c'est la cinquième fois qu'on se voit.

Ce qui me frappe aujourd'hui, c'est que, comme ma mère, cette femme est plus âgée que toi. Comme ma mère, elle te donne un enfant, alors que vous n'êtes plus ensemble. Même si, à la différence de ma mère, elle, elle a tout calculé. Son ovulation et les détails de ton implication.

Mais le résultat est identique.

Comme moi, ma demi-sœur a été conçue dans les cendres d'une histoire. Même si elle n'en porte pas la trace dans son prénom, elle. Elle s'appelle Manon. Ta. Non. Elle est ta négation. Par deux fois, tu n'as pas voulu être père. Par deux fois, une femme plus âgée t'y as obligé.

La nuance quand même, c'est que cette fille-là, tu l'as reconnue. À sa naissance, tu es allé à la mairie et tu l'as déclarée à l'état civil. Depuis ses premiers jours, tu la regardes, tu l'assumes, tu la berces, tu l'éduques. Cette fille-là, tu l'as présentée à ta famille et à tes amis. Elle est ta fille au grand jour quand je ne suis que dans l'ombre.

Ombre dans le salon blanc, pendant que la chair de ta chair dort de l'autre côté du mur. Ombre sur le canapé immaculé, face à ton ex, moulée dans une chemise d'homme et un pantalon amidonné, qui déroule sa vie comme une machine bien huilée. Ombre devant les échographies de sa grossesse qu'elle me flanque l'une après l'autre sous le nez, trois mois cinq mois huit mois, martelant l'existence de ce fœtus devenu humain, qui me vole la vedette au moment où je te retrouve. Ombre devant le film de son accouchement, jambes écartées dissimulées derrière un drap, qu'elle glisse joyeusement dans le magnétoscope. Ombre devant tes yeux mouillés de fierté lorsque tu me précises que c'est toi qui tenais la caméra. Si tu as pu agir ainsi, c'est que tu y étais. Tu étais à l'hôpital. Tu étais avec ta deuxième fille quand elle a ouvert les yeux. Ça fait toute la différence. Ça fait un fossé, un ravin, un cratère. Ça fait aussi une question.

Qu'est-ce que je fais là ?

Pour être honnête, je ne me souviens de rien d'autre. Je cherche, mais un trou se dessine à nouveau devant moi. Je tente de l'éviter. Je bifurque par la gauche.

J'enjambe un tas de pierres. Et puis je m'arrête. C'est loin. C'est inatteignable. Il y a ton ex vêtue de blanc dans son salon blanc. Il y a ton sourire réjoui qui plane entre nous comme une bonne blague. Et il y a mon corps perdu dans le noir. Aux yeux de la loi, c'est le corps d'une inconnue. C'est le corps d'une étrangère. C'est le corps de ta première fille. Ce n'est rien.

Je me rappelle alors que ton ex est cadre supérieur dans une banque. Est-ce que les femmes qui ont de l'argent savent mieux s'y prendre pour faire reconnaître leur enfant ? Est-ce qu'il y a plus de filles sans père dans les milieux modestes que dans les milieux bourgeois ? Est-ce que les hommes qui triment, les hommes qui suent, les hommes qui galèrent, abandonnent plus facilement leur progéniture ? Un bébé, c'est d'abord une bouche à nourrir. Est-ce qu'il y a un pont entre ma classe d'origine et ce que je suis ?

Le film continue et je sonde l'obscurité.

Je cherche le nouveau-né qui doit dormir dans une chambre à côté de nous à ce moment-là. Je n'ai que des flashs et aucun ne le concerne. Je n'entends pas le grésillement d'un microphone qui projetterait son souffle heureux dans nos oreilles. Face à ce grand déballage, ces preuves insoutenables de l'existence de ton autre fille quand je n'ai pas un bout de papier ou une photo de moi dans tes bras pour témoigner de la mienne, je réagis avec mes armes. J'efface sa présence de ma mémoire, peut-être des gazouillis, peut-être des pleurs. J'efface aussi l'appartement, le canapé, la table, l'écran de télé. Ainsi font font font. Si je ne vois rien, c'est que ça n'existe pas. Trois petits tours et puis s'en vont. J'efface aussi ton ex, sa séduction impeccable, sa position sociale.

Et je ne retiens que ton image à toi.

20

Le psy m'accueille sur le pas de la porte. Il porte un col roulé gris cette fois. Il couvre ses poils. Il cache l'homme. La bête se rendort dans ma poitrine. Un soulagement me traverse que je n'exprime pas.

Installée sur le divan, je déroule ma soirée enjouée avec Pierre, puis m'interromps. La pièce sent le souffle des respirations qui se sont succédé avant moi. Elle sent la nourriture réchauffée. J'imagine que le psy s'est préparé un plat cuisiné à base de tomate avant mon arrivée. Est-ce qu'il vit ici ? Du hall d'entrée se déploient trois pièces, dont une seule m'est accessible. Est-ce qu'il habite avec quelqu'un ? Sa main gauche n'abrite aucune alliance.

Ça fait plusieurs mois que je viens, mais je réalise que je suis incapable de définir sa sexualité. Même si je pense qu'il aime les femmes. Sans en être sûre. À mes yeux, il est neutre et c'est bien ainsi. J'hésite également sur son âge. Peut-être une dizaine d'années de plus que moi. Peut-être une quinzaine. Il est trop jeune pour être mon père. Mais après tout, toi aussi, tu étais trop jeune pour être mon père. Je me demande donc quel transfert m'attend ? Puisque c'est ça, le processus, il me l'a expliqué le premier jour. Si l'analyse se passe bien, je vais rejouer avec lui des scènes et des émotions partagées ou fantasmées avec d'autres. Je vais répéter des schémas infantiles. Mes désirs inconscients vont se déplacer, s'incarner, sans doute se mêler, dans le théâtre de son cabinet. Le dehors va cogner le dedans.

Est-ce que je peux y parvenir sans connaître son âge ?

Une porte claque quelque part dans l'immeuble, le silence s'étire comme une pelote de laine, comme un fil de son pull en cachemire, et je m'efforce de l'accepter. J'accueille mon sentiment de solitude qui se réveille chaque fois que je m'allonge ici. J'ai bien essayé de rester assise face à lui, mais il a refusé. Le corps à l'horizontale et le regard dans le vide ramènent paraît-il l'analysant à la situation qu'il expérimente chaque soir avant de s'endormir. Seul face à lui-même, c'est l'objectif.

Mais que puis-je donc me rappeler de notre histoire seule face à moi-même ? Mes souvenirs avec toi se perdent dans une forêt sauvage. Je n'arrive pas à comprendre ce qu'on a vécu et il y a des reflets brillants qui m'aveuglent à chaque fois que je m'approche d'un fourré. Comment font les autres pour progresser ?

21

J'ai quatorze ans et je tiens un paquet brillant entre mes mains.

C'est mon anniversaire et je ne me souviens de rien à part du cadeau. Je ne sais même pas où je me trouve. Il y a ma mère et mon beau-père. Il y a une table nappée dressée entre nous. Et il y a un écrin argenté qui scintille entre mes paumes comme un miroir.

Ça fait longtemps que je supplie ma mère de m'offrir une bague. Ma cousine en porte plusieurs à ses doigts, fleur serpent aigle, et, comme elle, je rêve d'agiter l'une de ces figures dessinées d'or, de rubis ou d'émeraude devant mes copines. Alors je souris. Alors je remercie. Alors j'ouvre.

Et je découvre une alliance.

Pourquoi cette alliance luit devant moi, je ne le sais pas encore. Mais un vent glacé me renverse. Je me sens tomber dans une faille. Face au regard distrait de mon beau-père, face à ma mère qui se réjouit de son cadeau et me demande si je suis contente, j'abonde pourtant dans un murmure. Et je m'empresse de l'essayer. Je m'oblige à ne pas réfléchir. Bloquer les émotions désordonnées qui me remuent. Ne pas penser que les bijoux sont depuis la nuit des temps ce que les hommes offrent aux femmes pour les séduire. Sourire.

Sourire, encore.

J'attrape la bague et la fais lentement coulisser sur mon doigt. C'est un anneau avec des étoiles sculptées. Aujourd'hui encore, si je caresse la jonction de ma phalange avec mon pouce, là où la peau se cloque et se tanne facilement, je sens la texture. Le métal froid et les petits trous. C'est un anneau en or. La symbolique échappe forcément à mon cerveau d'adolescente, mais pas à mon corps qui se crispe. Je regarde ma main posée sur mon jean et sens monter des larmes. Ne pas pleurer. Être joyeuse puisque c'est mon anniversaire. Incliner la tête. Bas. Plus bas encore. Remercier.

Et cacher mon trouble dans le refuge de mon cou.

Au bout de quelques secondes, je relève le front et entends à nouveau ma mère et mon beau-père qui discutent. Je comprends que ma mère n'avait pas le temps de se rendre chez le bijoutier et qu'elle a demandé à son homme d'y aller à sa place. J'ignore ce qui me déstabilise le plus dans cette phrase. Est-ce le fait que ma mère n'a pas trouvé un moment pour aller me choisir un cadeau qui me plaise en songeant à moi ou qu'elle ne voit aucun problème à ce que son mari m'offre une alliance ? Est-ce le fait que Daniel n'a aucune idée de ce qui me ferait plaisir ou qu'il me passe la bague au doigt ? Je ne sais pas. Je regarde ma mère. Je regarde mon beau-père. Je regarde l'écrin argenté. Je regarde ma main. Je regarde.

J'ai quatorze ans et une alliance.

Qu'est-ce que je vais bien pouvoir faire de ça ?

22

Comment ça va, ma puce ?

C'est devenu une sorte de rituel, un prélude qui ouvre nos échanges à distance.

Depuis que j'ai quitté ta ville pour poursuivre mes études dans une autre, on ne se voit pas mais on se téléphone. Je te raconte mes espoirs, mes chagrins, et tu m'écoutes. Tu m'écoutes parfois tard le soir. Tu m'écoutes sans me juger, sans m'interrompre, sans te lasser. Et ça me plaît. Je me dis que c'est à ça que servent les pères lorsqu'on est adulte. Ils recueillent ce qui déborderait d'une autre oreille. Ils conseillent. Ils apprennent aux filles à poser leurs conditions et leurs limites, leurs droits et leurs mérites.

Comment ça va, ma puce ?

J'écris ces cinq mots et c'est comme si tu entrais soudain dans la pièce. Je reconnais l'écho un peu rauque de ta voix. Ta façon de prononcer les voyelles, allongées comme de petits bras accueillants. Lorsque c'est moi qui compose ton numéro, tu fais précéder ta question d'un « hé coucou ! ». Je perçois toujours le léger étonnement, une forme d'incrédulité, comme si tu ne t'habituais pas à avoir une grande fille. Mais on est en train de se créer un rituel et je ne retiens que ça.

Ce soir-là, je suis dans mon premier studio, un endroit humide et sombre où je ne vais pas rester longtemps, en train de lire sous une couette, lorsque tu m'appelles. Comment ça va, ma puce ? Je me souviens de la soupente cloquée par des infiltrations qui se dresse en diagonale au-dessus de moi. Des murs beiges auréolés de vert près de l'armoire. De la salle de douche minuscule séparée de la cuisine par un vieux rideau en plastique. Et de ma joie. Oui, de ma joie. Tu es près de moi lorsque nous entamons cette conversation. La sensation est nette. La forêt disparaît.

Je suis suspendue à la partition de notes graves que tu émets en me donnant de tes nouvelles et c'est comme si tu me berçais. Je suis au chaud. Je suis à l'abri. Alors je me livre. J'ai envie que tu me connaisses et je t'ouvre la porte de mes pensées. Mais je te questionne aussi. Parfois, lorsque tes mots se perdent ou s'épuisent, je te relance. Je remets un jeton dans la machine pour que tu restes accroché au fil invisible qui nous relie. Je te raconte ce quartier où j'habite depuis deux mois, les amitiés qui se créent. Je te raconte aussi le nouveau garçon avec qui je sors. Il s'appelle Clément et va devenir mon mari. Mais je ne sais pas encore que je lui plais. Je redoute d'être transparente à ses yeux et je m'interroge. Et puis soudain, alors que tu me suggères une stratégie pour entrer en lien avec lui, je te coupe la parole et te demande si tu voudrais me reconnaître.

Je n'ai aucune idée des mots exacts que j'articule. J'ignore comment ils me viennent, dans quel blanc j'ose les jeter. Il y en a forcément, les blancs colorent tous nos rapprochements. Je ne me rappelle même pas comment je rassemble assez de courage pour suspendre le cours prudent du temps entre nous. Juste cette question tournée et retournée dans ma bouche qui franchit la cime des arbres.

Le silence qui me répond semble durer une éternité. L'éternité est un océan. L'éternité est un enfant qui se pince le nez sous l'eau. Je me souviens de ta gorge qui semble s'encombrer et que tu racles. De ta parole qui s'amorce une fois deux fois, puis qui s'interrompt. Et de moi qui me tais. De moi qui attends. C'est long, une attente de vingt ans condensée en quelques secondes. C'est un secret. C'est une folie. Est-ce que je voudrais t'entendre réfléchir, prendre la mesure de ma requête ? Est-ce que je projette ton accord, ton envie évidente, une réconciliation définitive ? Je crois que oui, mais je ne peux pas l'affirmer.

Ce qui est sûr, c'est que maintenant que j'ai osé, maintenant que je t'ai demandé, j'ai l'impression qu'une part de moi voudrait ne jamais l'avoir fait. Je suis assise sur une branche. Peut-être qu'il faut que je me penche. Peut-être qu'il faut que je saute. Mais j'ai le vertige. Voilà ce qui arrive quand on se balance au-dessus du vide, quand on se donne, quand on s'offre. L'attente me chauffe le visage. Je ne parle plus. J'espère.

J'espère, jusqu'à ce que tu t'exprimes à nouveau.

Ta bouche reprend possession du micro, lente et hésitante, effleurant chaque mot comme si elle n'était pas sûre de sa consistance, et je retiens ma respiration. Mais ta bouche lâche finalement que ce n'est pas possible. Ta bouche me demande à quoi ça servirait. Ta bouche me dit non. Elle ajoute qu'elle ne peut pas faire ça à ma mère.

Je ne peux pas écrire précisément la suite. L'air redevient étouffant. La forêt se referme sur moi. Ma mémoire n'est plus qu'un immense massif indéfini. Je crois que je change de sujet. Oui, c'est forcément ce que je fais. Comme toujours, je fais semblant. Je meuble. Je cache. Je m'échappe dans d'autres phrases. Parler, c'est faire diversion. C'est sortir de mon corps. C'est pencher vers les autres. Parler, c'est me fuir. Alors je galope. Je jette une poignée de questions qui m'éloignent de celle qui m'obsède et à laquelle tu viens de répondre par la négative.

Je ne sais pas comment je réussis à assurer la fin de notre conversation. Te dire que je comprends, bien sûr. Toi. Les autres. Il faut penser aux autres. Ne pas être égoïste. Il ne manquerait plus que j'insiste. Je casse ma voix. Je rigole. Mon sang gicle quelque part dans mes veines. Disparaître. Ne jamais plus sortir de chez moi. Je te raconte ma soirée de la veille. Fermer les yeux. Mon cœur. Je voudrais embrasser mon cœur. Me suffire à moi-même. Je ris encore. On ne pleure pas les gens qui nous abandonnent. On les idéalise. On les hait. On les enterre vivants en nous. Je te dis à bientôt. Ne plus compter sur personne. Plus de cordon. Plus d'attente. Je t'embrasse. Ce n'est pas grave. Je me moque. Ce n'est qu'un bout de papier. Ce n'est rien.

23

C'est dégueulasse.

Ma voix monte d'un cran lorsque je raconte cette scène au psy. Tu ne m'as pas reconnue pour ne pas faire de mal à ma mère. On croit rêver.

Recroquevillée sur le divan, je répète depuis quelques minutes tes mots que je ne comprends pas. Avec le recul, ils me paraissent insensés. Avec le recul et les réactions des uns et des autres lorsque je me confie parfois. Tous sont outrés. Tous te traitent de lâche, d'irresponsable, d'égoïste. Même Pierre, habituellement mesuré, à qui j'ai fini par raconter cet épisode.

Mais pas le psy qui reste silencieux.

Je crache alors ma fureur au mur en face de moi. Il n'y a pas de cadres. Juste des taches ici ou là, des idées noires, les rages d'autres patients. Puis je demande au psy de réagir. J'exige une réponse. Je veux savoir ce qu'il en pense.

Vous ne trouvez pas que la réponse de mon père est inadmissible ? Vous ne trouvez pas que c'est une insulte, une gifle, un couteau dans le ventre ?

La fin de ma phrase se cogne à sa bouche muette et je sens que la lame me transperce. Je reprends ma respiration pour chasser la douleur, tandis qu'un murmure s'élève enfin derrière moi.

Non.

Le psy soupire et je crois avoir mal entendu. Mais il répète. Non. Puis d'un ton grave, d'un ton indulgent mais ferme, d'un ton de parent, il m'explique que c'est normal. L'objet du père, l'objet de son amour, ce n'est pas l'enfant, mais la mère. Et c'est sain. Parce que ça oblige l'enfant à trouver son propre objet à lui.

Si votre père avait réfléchi en fonction de vous, sa fille, ça aurait été incestueux. Mais votre père est normal. Tout ce qu'il y a de plus normal. Il parle et réfléchit d'abord par rapport à votre mère. Et il ne veut pas vous reconnaître parce qu'il sait que votre mère ne le souhaite pas. Le rôle du père est de rester du côté de la mère. Le rôle du père est de protéger la mère.

Non.

Cette fois, c'est moi qui m'oppose. C'est moi qui grogne. C'est moi qui expire bruyamment sur le divan. Non, je ne suis pas d'accord. Je trouve que c'est insupportable. Indicible. Inaudible. C'est la porte ouverte à toutes les fuites, à tous les vertiges, à tous les mensonges. Je ne veux pas exonérer mon père de ses responsabilités. Ma mère est une adulte, elle est assez grande pour se protéger toute seule. Je veux que mon père me protège.

Vous voulez que votre père vous protège ? On va s'arrêter là.

24

J'ai treize ans et mon grand-père me protège.

Chaque fois que je viens le voir, il me tend sa grosse main après que j'ai pris place sur l'accoudoir du fauteuil où il s'assoit en se réveillant de sa sieste, et je m'y réfugie sans un mot. Sa peau est rêche comme une toile de jean et je sens des petites cloques durcies sous la pulpe de mes doigts. Ça me rappelle l'écorce des arbres. Mon grand-père est un chêne.

Mon grand-père est une cabane.

Avec ma grand-mère, ils tiennent un stand de fruits et légumes en centre-ville. Été comme hiver, ils se lèvent en pleine nuit pour s'approvisionner au marché-gare, déplient leurs tréteaux sur le trottoir gris aux premières lueurs du ciel, pèsent toute la matinée des kilos de marchandises sur deux vieilles balances à plateaux, rangent des piles de cageots pleins dans la chambre froide au sous-sol de leur maison, déjeunent comme on dîne, se couchent, et se réveillent au moment où je sors du lycée. Plusieurs fois par semaine, je leur rends visite. Et je passe la majorité de mes vacances scolaires avec eux.

Pourquoi est-ce que je ne suis pas plus souvent avec ma mère, je l'ignore. Peut-être parce qu'elle n'a que cinq semaines de congés payés. Peut-être parce que je préfère passer du temps avec mes grands-parents. Mais peut-être aussi que c'est une berceuse que je me chante, des fils que je tisse entre eux pour dérouler mon sentiment d'abandon et alimenter ma boîte à reproches. Tu n'es pas le seul à ne pas t'être occupé de moi.

Ce jour-là, à peine arrivée, j'ai enlacé ma grand-mère allongée sur le canapé, puis après avoir déposé deux bises bruyantes sur les joues de mon grand-père, je me suis installée à côté de lui et il m'a pris les doigts sans parler. Leur chaleur enveloppe ma paume minuscule. C'est un abri. C'est une preuve. C'est le seul homme dont je connais la peau depuis que je suis née.

Le seul homme que je peux toucher.

J'écris cette phrase et ma poitrine se serre. Oui, c'est ça. Mon grand-père est le seul homme que j'ai pu aimer de mes deux bras pendant toute mon enfance. C'est lui mon modèle masculin. C'est forcément lui. Son mètre quatre-vingt-huit. Son teint d'Italien. Ses yeux verts. Sa moustache. Sa générosité. Sa tendresse. Ses coups de gueule. Son appétit. Sa voix grave et puissante. C'est important, les voix. Ce sont elles qui remplissent les premiers vides.

Je me souviens qu'il est en train de suivre un jeu télévisé. Son visage disparaît dans le feuillage de ma mémoire, mais je l'entends multiplier les bonnes réponses en éternel candidat qui sait par cœur le nom des capitales du monde, pendant que ma grand-mère prend de mes nouvelles.

Je n'ai aucune idée de ce que nous nous disons, juste de son attention à elle et de sa main à lui. Mais soudain, une publicité éclate à l'écran et mon grand-père se détourne des images pour m'interroger. Distraitement, il me demande ce que j'ai fait le week-end passé. Et ta sœur ? Est-ce qu'elle est partie à la montagne avec Daniel ?

Mes doigts sont toujours mêlés aux siens, mais ce ne sont plus mes doigts. Ils appartiennent à quelqu'un que je ne connais pas. La bête vient de mordre.

Et ta sœur ?

La bête m'a prise par surprise. Je me rappelle le froid qui s'abat sur moi. Tout devient sombre dans ma tête. Je ne vois plus rien.

Et ta sœur ?

Ça pourrait me faire rire si je réussissais à me réchauffer, ignorer le coup de canif, le possible secret de famille planqué sous le tapis, l'histoire interdite.

Tous les enfants ont besoin de se raconter des histoires interdites quand ils sont petits. Ils ont besoin de s'imaginer qu'ils ont été abandonnés ou adoptés. C'est le seul moyen de pouvoir être amoureux de papa ou de maman en toute impunité selon Freud. Le seul moyen de supporter l'excitation et la frustration. Mais je n'ai plus l'âge de fabuler. Alors quoi ?

Est-ce que je suis la fille de mon grand-père ?

Je ne sais plus comment je réagis ce jour-là. Sans doute en changeant de conversation. Mais je sais le poids qui me tombe sur les épaules encore aujourd'hui, trente-cinq ans plus tard, lorsque j'entends une tante me parler de ma grand-mère en l'appelant ma mère. Je chasse la neige, le malaise, le fantasme. Dans le Sud-Ouest, on n'est pas précis et qu'est-ce que ça peut faire ? Dans certaines familles, les grands-parents aident les parents trop jeunes ou trop occupés et se substituent parfois à eux. Ne pas créer de drame là où il n'y en a pas. L'espace vide d'un puzzle permet de faire changer de place les pièces et on s'en amuse. Ne pas me braquer pour si peu. Une mère ou une sœur. Un grand-père ou un père. Ça ne veut rien dire. Les mots sont des masques. Les mots sont des monstres. Les flocons se remettent à tomber dans ma tête. Tout est blanc.

Et ta sœur ?

Je ne sais pas. Je suis fille unique.

25

La pièce n'est pas grande. C'est la sixième fois qu'on se voit et on est nombreux autour de la table basse. Il y a toi. Il y a moi. Il y a ta sœur, ton neveu, ta nièce. Il y a ta mère, ton beau-père. Tous ces gens font partie de ma famille. Je n'en connais aucun.

Ce qui t'a pris de m'emmener à ce repas dominical, je ne le sais pas. Depuis qu'on se fréquente, même si l'emploi de ce mot me paraît inapproprié, on a limité le cercle. On s'est regardé le nombril et ça a pris du temps. J'ai terminé mes études dans cette autre ville où tu n'habites pas. Je suis tombée amoureuse. Et puis je suis partie vivre à Paris. J'ai été absorbée par mon moi en construction et on a espacé nos rendez-vous. Je ne me souviens même pas de t'avoir présenté l'élu. Les branches continuent de me griffer dès que je remue le passé.

Ce jour-là, je me rappelle quand même que je m'efforce de m'intéresser à tous ces gens qui t'ont vu grandir. Je suis assise dans un salon encombré de meubles et de bibelots, peut-être de poupées en porcelaine, peut-être de boîtes en nacre, peut-être de boules de neige, et j'appuie mon dos sur le coussin en similicuir du canapé. La pièce est plongée dans la pénombre, aveuglée par un rideau roulant qui fait barrage au soleil d'été. Que se raconte-t-on ? Je traverse ce moment comme je visiterais une maison vide. Mais tu as pris une photo et c'est cette image aux contours enfuis qui m'apparaît aujourd'hui si je me concentre.

Je suis entourée de ma nouvelle grand-mère et de mon nouveau beau-grand-père. Elle a une soixantaine d'années, une mise en pli blond platine qui frisotte autour de ses oreilles et un regard bleu inquiet derrière des lunettes aux verres épais. Il a sensiblement le même âge, une longue moustache, des yeux rieurs, une casquette et une salopette bleue comme Mario Bros. Enfin, dans mon souvenir. Enfin, dans mon souvenir de cette photo rangée au fond d'un carton au fond d'une armoire.

Un arbre cache la scène, mais je le contourne. De l'autre côté de la table basse, ta sœur bavarde en papillonnant des mains. Elle doit avoir trente-cinq ans. C'est ma tante, donc. Une tante au verbe vif et au visage expressif. Une tante aux cheveux noirs, à la peau mate et aux yeux ébène cernés de khôl. Elle paraît avoir des ancêtres maghrébins et je me demande soudain si mon grand-père ne serait pas marocain. Ou tunisien. Ou algérien. Tu ne m'en as jamais parlé, il est celui qui a voulu me tuer dans le ventre de ma mère, mais son évocation me projette en Afrique du Nord. Si j'ajoute ce paysage à la géographie méditerranéenne qui me dessine déjà, ça brouille encore mes origines, mais ça n'est pas pour me déplaire.

Je m'avance un peu plus dans le sous-bois. Près de ma tante, deux enfants apparaissent. J'apprends que ce sont les siens. Le petit garçon timide s'appelle Medhi. La petite fille exubérante s'appelle Safia. Leurs prénoms semblent confirmer mon intuition. Ils attrapent des chips, puis viennent se coller à toi. Safia t'escalade et je pense à Marguerite Duras qui affirmait que la maternité n'était pas la paternité parce que, au contraire des femmes qui permettent à leurs enfants de s'amuser sur elles comme sur une colline, les hommes abandonnent rarement leur corps à leur progéniture. Mais tu lui prouves le contraire. Tu laisses tes neveux grimper sur tes genoux, puis sur ton dos. Tu les chatouilles. Tu les charries. Est-ce que tu aurais fait la même chose avec moi ?

La suite s'embrouille dans ma mémoire. J'essaie de me frayer un chemin, mais le bord du terrain s'effrite sous mes pas. Je crois que je tente de m'intégrer en plongeant régulièrement la main dans le bol de chips près des toasts au pâté. Je ris sans doute en regardant tes neveux chahuter. Je n'ai pas d'images précises. Mais je sais que ta mère, ton beau-père et ta sœur ne me quittent pas des yeux. La sensation a traversé les années. J'ai l'impression qu'ils suivent chacun de mes gestes comme s'ils guettaient une trace, un signe, une preuve tangible de notre lien.

Même si je ne crois pas y avoir pensé à l'époque, je me demande aujourd'hui si c'est parce qu'ils hésitent à m'accueillir parmi eux. Sans test ADN, les hommes ne sont que des marionnettes, jamais certains d'être des pères. Est-ce que tes proches mettent en doute notre histoire, ma présence à tes côtés ?

Ce qui est sûr, c'est que je m'efforce de montrer patte blanche devant eux. Entre deux bouchées, je réponds à leurs questions et m'applique à me faire apprécier. C'est un réflexe. C'est une seconde nature. Il faut que je plaise. C'est instinctif et vital. « Il faut » est le nom du père que je n'ai pas eu. C'est un père qui, depuis mon enfance, promène son influence au-dessus de ma tête. Un père qui me conseille et m'aide à trouver ma place.

Sauf que là, ça fait beaucoup de monde à qui plaire d'un coup et je me souviens que je fatigue. Mon sourire se brise par endroits. Mon cerveau ventile. Les filles sans père ne se donnent pas à connaître mais à reconnaître et je cherche désespérément comment me jeter sans tarder dans les bras de ma nouvelle famille. Assise sur le canapé, dos droit, genoux serrés, je suis une apparition. Je suis l'actrice d'une pièce qui m'échappe. C'est la première fois que nous nous retrouvons père et fille devant un public et j'ignore ce que je dois interpréter. Qu'a dit le metteur en scène, déjà ? Comment doivent se comporter un père de trente-neuf ans et sa fille de vingt-deux ans ?

Parce que j'ai l'impression que toi non plus, tu ne sais pas comment te tenir ce jour-là. Dans cette maison où tu as peut-être grandi, devant ta mère, ton beau-père et ta sœur, tu redeviens un fils. Forcément un fils. Tu as dix ans. Tu as quinze ans. Tu as vingt ans. Tu es un garçon. Et je suis une fille.

Devant ta mère, ton beau-père et ta sœur, tu es un garçon venu présenter une fille à sa famille.

26

Je n'en peux plus. C'est un cri du cœur. C'est un épuisement. Ça fait maintenant plusieurs séances que je m'explore, que je me sonde, que je me traque, mais rien n'advient.

Sur le divan, je cogne mes poings l'un contre l'autre. Je voudrais que ça fasse des étincelles, mais c'est moi qui m'enflamme. J'ai passé une partie de la semaine à tenter de me rappeler mes rêves, à chercher dans mon inconscient les traces d'une réponse, ta présence en moi, mais il n'y a que des ombres. Je me réveille chaque matin dans une ronde d'ombres épaisses et muettes.

Le psy ne me relance pas et je prends son silence pour une provocation. Je lui rappelle sèchement que j'ai besoin qu'il me questionne, qu'il m'oriente, qu'il ne m'abandonne pas, lui aussi. Sinon, à quoi ça sert d'être là ?

Il me répond qu'il ne peut pas se plier à ma demande. Il parle de frustration. Il parle de coupure. J'explose. Rien à foutre.

Je lui fais alors remarquer qu'il ne me connaît pas, que je suis capable d'aligner des kilomètres de paroles sans en penser aucune, d'exagérer, de transformer, de développer un tas de détails futiles pour remplir le vide. C'est sans doute pour ça que je suis devenue écrivaine. Pour combler le manque, supporter la solitude. Et c'est à cause de ça que je viens le voir. Pour qu'il m'empêche de me perdre dans cette masse de mots sans couleurs. Je veux qu'il interrompe le flux. Je veux qu'il m'empêche de fuir. Je veux qu'il me force à m'arrêter sur une phrase, l'affronter, la préciser, ne pas la renvoyer sous le tapis ou la graver dans le marbre d'un roman imaginaire. Je veux qu'il m'aide à dire vrai.

C'est ça pour moi le travail psychanalytique.

Il n'ajoute rien et la rage m'emporte. J'en ai assez. Quand je sors de chez lui, il ne me reste rien. Rien. Rien. Rien. Sa théorie barbare m'écrase. Ses grands concepts de la vie me tétanisent. Son savoir me pousse dans un fossé qui n'en finit pas de s'élargir. Je perds mon temps. Et mon argent. Et mes jours. Où vont-ils ?

Cette fois, il hausse le ton. Il me répète qu'il n'est ni coach ni gourou. Ni même psychologue. Il n'est pas là pour me donner un mode d'emploi. Je lui rétorque que je ne sais pas pourquoi il est là alors et il se fâche tout à fait.

Vous ne voulez pas faire d'analyse ? La porte est là.

Mes yeux s'embuent. Je baisse la tête, attrape mon sac, et le paie en silence.

Il me raccompagne à l'entrée et me dit à la semaine prochaine.

Je ne réponds rien.

27

J'ai seize ans et mon prof de philo me donne son mode d'emploi.

Il m'explique les grands concepts de la vie et il n'y a rien de plus passionnant à mes yeux. Ils s'imbriquent. Ils se superposent. Ils s'embrasent. Il vient de publier un premier roman aux Éditions de la Table ronde et je n'en reviens pas de pouvoir approcher de si près un écrivain.

Chaque semaine, je m'assois au premier rang de la classe et écoute religieusement ce que l'homme de lettres nous enseigne entre deux coups de gueule contre l'Éducation nationale et un souvenir personnel. Il a vécu en Afrique de l'Ouest, a un perroquet qui s'appelle Bamako, roule en vieille Renault 25, adore Nietzsche. Sa voix puissante et ses pupilles intenses me déstabilisent, mais je m'attarde à la fin de chaque cours. Je le questionne. Je le remercie. Je remplis ma tête de toutes les phrases qu'il prononce. C'est un exercice. C'est un jeu. Jusqu'à ce qu'il me propose au bout de quelques mois de boire un café dans le bistrot en face du lycée pour prolonger l'une de nos discussions.

Jusqu'à ce qu'il m'invite à déjeuner chez lui peu après.

Je me souviens d'un petit appartement encombré de livres et de meubles dépareillés. L'image d'une brocante me traverse. Il y a tout un tas d'objets inutiles que j'ai envie de toucher. Je me souviens aussi de sa silhouette, grande et lourde, qui me dépasse de plusieurs têtes près de la bibliothèque, de son ventre rond et bas sous une chemise au tissu à carreaux tendu, de ses yeux noirs immenses qui me fixent comme s'ils allaient se jeter dans les miens. Je sais que ce n'est pas normal qu'un prof invite une élève chez lui. Mais il est écrivain. Mais il est philosophe. Mais il y a son regard qui me dévore. Ça me plaît. Ça ne me plaît pas. Je ne sais pas où m'asseoir.

Est-ce que je me suis rendue chez lui par mes propres moyens ou est-ce qu'il m'y a conduite ? Est-ce qu'il m'offre à boire ? Est-ce qu'il m'invite tout de suite à passer à table ? La scène se perd dans une brume liquide. Je sais juste mon trouble, la chaleur sur mes joues, les petites gouttes de transpiration. Je sais mes mots qui sortent trop vite. J'attrape des livres au hasard sur les étagères. Je ris. J'affirme mon goût. J'aime. Je n'aime pas. Je rassemble tout mon savoir, toutes les pièces de théâtre que je me suis jouées dans la solitude de mes samedis après-midi, tous les poèmes que j'ai appris par cœur pendant que mes copines buvaient des cafés ou léchaient les vitrines, sûres de leur pouvoir minuscule sur le monde. Et derrière les extraits qui me reviennent, derrière les phrases d'écrivains que je manie comme des bouées, je cache mon malaise qui monte. J'ai honte d'être là.

Honte d'avoir cherché son intérêt. Honte de l'avoir trouvé.

C'est une honte bruyante maquillée de mots.

Attablée face à lui, je m'efforce pourtant de tenir mon rôle. Je m'intéresse à sa vie. J'essaie d'aligner des remarques pertinentes. Même si je ne me le formule pas à l'époque, je cherche à justifier ma présence par mon esprit. Et j'étouffe l'interrogation qui me coupe en deux. Pourquoi ce quadra intelligent et cultivé a-t-il envie de passer du temps avec la gamine de seize ans que je suis ?

Je ne réalise pas ce qu'il voit sans doute en moi. La vivacité d'une lycéenne qui le distingue de ses collègues. La jeune femme qui flatte sa virilité. Les formes féminines qui le troublent et l'excitent, réveillent son corps de célibataire. Non. Je me sens seulement exister avec lui, élue parmi les autres filles, élue parmi les enragées, les envoûteuses, les bourgeoises, les modeuses, les libérées, les mystérieuses, et je ne sais pas quoi faire de cette reconnaissance. Quelque chose lutte et se tord en moi que je ne comprends pas. Ma mémoire s'enlise. La suite du repas disparaît.

Quelques semaines après, je le retrouve pour déjeuner dans un grand restaurant avec un couple d'amis et le combat reprend. Ça m'électrise. Ça me dérange. Mais je ne garde aucune image. Notre rencontre se dilue dans ma tête. J'aperçois juste l'entrée du restaurant, deux colonnes de stuc sous un chapiteau en bois sculpté s'ouvrant sur une place. Il y a un grand blanc après. Un repas sans intérêt. Comme un encéphalogramme plat. Une ligne de temps où je ne suis pas.

Je réapparais assise dans sa Renault 25 bleue, garée sur un parking autour de la basilique. J'imagine qu'il m'a proposé de me raccompagner au lycée ou à mon arrêt de bus après le dessert et que j'ai accepté. On est assis chacun sur un siège couvert d'une housse synthétique et je m'apprête à le quitter. Il fait lourd. Je sens sa sueur qui se mélange à l'odeur de cigare, de cuir et de plastique de la voiture. J'attrape mon sac à main et lui dis peut-être merci. Je suis bien élevée. Merci de m'avoir fait rencontrer ces gens. Je crois me souvenir qu'ils travaillent dans l'art. C'est intéressant, l'art. Je ne m'attarde pas sur le fait que c'était un couple, un homme et une femme qui baisent ensemble. J'évite le miroir tendu avec son reflet de sous-entendus. Eux. Nous. Je m'efforce de ne pas voir la symétrie. Et tandis qu'il continue de me parler, j'ouvre la portière.

Qui s'envole.

Qui grince.

Qui craque.

Il y a un grand bruit de tôle froissée.

Je me replie aussitôt sur le siège en me protégeant le visage. Le temps que je reprenne mes esprits, je comprends qu'un camion vient d'arracher un bout de la carrosserie. Le métal bleu gît sur le bitume près de moi. Ça fait comme une flaque qui brille sous le soleil. Et dans le silence qui suit le choc, dans ce silence interdit qui suit les grandes secousses, j'éclate de rire. Des rangées de dominos, en équilibre instable depuis des heures, s'abattent les uns après les autres dans mon corps.

Je suis hilare.

28

Tu as une nouvelle amoureuse. Même si tu ne me la présentes pas. Tu as aussi désormais une fille de trois ou quatre ans que tu vois un week-end sur deux. C'est avec elle que tu me proposes d'aller nous promener autour d'un lac la septième fois où on se voit.

J'ai tout oublié du soleil ou de la pluie de cet après-midi-là, mais j'aperçois Manon qui court devant nous sur le chemin de terre bordé de vert boueux encerclant l'eau. En forçant mon regard, je nous distingue marchant quelques mètres derrière elle. On ne se touche pas. Mais on avance d'un même pas. Je ne me souviens pas si je suis heureuse d'être là, si quelque chose vibre en moi, c'est ma chair c'est ma famille, mais je me rappelle la douceur qui m'enveloppe lorsque tu te tournes soudain vers moi.

Dans tes mains rougies par l'air frais brille un cadeau d'anniversaire. Je viens de fêter mes vingt-trois ans et tu m'offres un flacon de parfum.

Je crois que quelques jours auparavant, tu m'as questionnée au téléphone. Tu t'es renseigné sur mes goûts et je t'ai répondu que je portais *Poison* de Dior. Le fait que tu te sois rendu exprès dans une boutique en songeant à moi m'émeut au-delà de ce que je peux exprimer. Un élan de gratitude me submerge. C'est flou et brûlant. C'est ta présence qui se confirme, nos vies qui se rencontrent, nos actes qui nous lient. C'est une surprise. Je ne vois rien d'autre. Je suis éblouie. Tu as pensé à moi. Je suis convaincue que c'est d'abord par la pensée qu'on s'attache aux autres, rêvant de revoir ceux qui ne sont pas là, imaginant comment leur faire plaisir. C'est dans la tête que s'installe l'affection.

On est dans la bonne direction.

On est dans la bonne direction, même si je n'ai pas fait attention cette fois encore à ta fille. Dans le dégradé des images que je tire de l'obscurité, son visage apparaît en pointillé. Ses yeux bleus, petits et rapprochés. Son grand front pâle. Ses lèvres fines. Ses joues hautes et rondes. Ses cheveux blonds, raides comme des baguettes. Elle tient une fleur dans sa main, un bouton-d'or ou une pâquerette, et court sur le sentier autour de nous. Elle rit probablement, t'enlace forcément, dit peut-être qu'elle a faim, soif, qu'elle aimerait manger une glace, mais tous ces moments que je n'ai pas vécus avec toi défilent sous mes yeux sans que mon cerveau les retienne.

Ma mémoire efface le réel, la fillette au regard clair qui a l'habitude d'être aimée par un homme, l'eau plate sous le ciel tiède, les feuilles rougies par l'automne tombées des arbres, les quelques canards qui s'ébrouent, pour recréer des scènes où on est seulement toi et moi. Mon imagination va chercher des photos dans les albums de ma mère et découpe les têtes pour y glisser l'ovale de ton visage.

Tu m'apprends à faire du vélo sur une route de montagne alors que je porte un tee-shirt Maya l'abeille. Tu me tiens la main en marchant dans un champ couvert de neige et tirant une luge rouge assortie à ma combinaison. Tu ris pendant que je joue à l'Indienne, un cordon de cuir tressé autour du front et une plume piquée au-dessus de ma natte blonde un jour de fête. Tu m'embrasses en venant me border dans mon lit avant le film du dimanche soir et je te dis que tu es le plus beau papa du monde.

Manon n'existe pas.

Tu ne m'as pas abandonnée.

Nous aussi, on a des souvenirs ensemble.

29

Vous avez un père.

Le psy me répète soudain cette phrase que je ne comprends pas.

Sans réfléchir, peut-être par habitude, je suis revenue dans son cabinet. Mais pas sur mes derniers mots. J'ai fait l'autruche, l'amnésique, et, sans transition, je lui ai raconté que Pierre m'avait reprise la veille lorsque j'avais parlé de moi comme d'une orpheline de père. Mon père n'était pas mort et je ne pouvais pas me qualifier ainsi selon lui. Je m'étais fâchée et avais affirmé qu'un homme qui part avant la naissance de son enfant n'est pas un père. Un homme qui ne cherche ni à reconnaître ni à connaître son bébé après avoir engrossé une femme n'est qu'un jouisseur, un pourvoyeur accidentel de spermatozoïde.

Il n'est rien.

Je hausse le ton et mon cœur s'emballe. La pelle s'enfonce dans la terre. La faille s'élargit. C'est un trou. Immense. Un trou qui m'aspire. J'ai peur de disparaître dedans et cherche à changer de sujet. Mais le psy m'en empêche. Contre toute attente, il me félicite.

Après un silence, il m'explique qu'il faut que j'exprime ce que je ressens. Il faut que je m'approche de ce trou. Le trou, c'est l'inconscient. Il me rappelle qu'il est là pour me faire marcher au bord, au plus près du précipice. À force, je ne vais pas tomber, mais me remplir de symbolique. Le trou va se résorber en absorbant le signifiant qui m'engloutit. Il m'a déjà expliqué ce qu'étaient le symbolique et le signifiant, mais les deux notions restent floues. J'entends juste qu'en m'aventurant dans la forêt et en marchant autour du trou, je vais soulever la terre qui va le combler. L'image n'est pas claire. À force de piétiner les bords d'un fossé, j'ai plutôt l'impression que les contours s'affaissent et qu'il s'agrandit. Mais il n'en démord pas. Ce n'est pas comme ça que ça se passe. Et il se tait.

Le trou, donc.

Je réfléchis au trou.

Le langage courant parle de trous de mémoire et je le relie évidemment à mes souvenirs qui s'émiettent et se refusent. Je visualise le gouffre dans ma tête. Les parois sombres qui absorbent certaines de mes sensations lorsque je convoque ton image. Le noir qui me fige. Mais je pense aussi forcément au vagin. Je n'ai pas besoin de m'approcher du trou, je suis un trou. Dans un monde dominé par les hommes, je suis une femme. Ouverte, saisissable. Je suis une fente, une fissure, un chenal.

Me revient alors le trou laissé sur la porte du buffet de la cuisine par l'amoureux de ma mère lorsque j'étais enfant. Le trou creusé par la bouteille qu'il lui avait jetée au visage pendant une dispute. Ce trou est resté intact des années après qu'ils se sont quittés. Je tente de mettre des mots sur ce que j'ai ressenti, mais mon émotion se dilue. J'ai bien dû avoir peur, pourtant. Peut-être que je me suis repliée comme un oiseau blessé contre le mur ? Peut-être que j'ai hurlé ? Peut-être que j'ai sangloté, choquée ? Peut-être que j'ai couru vers ma mère pour la protéger ? Je ne me rappelle rien.

Juste le trou sur la porte en bois.

Le psy s'enthousiasme. Il me dit que c'est ça qui l'intéresse. Pas les explications. Pas les fils imaginaires que je tisse. Il faut que je m'appuie sur lui, sur le transfert, pour exprimer ce qui me passe par la tête. Il faut que j'accepte le silence, le vide, le blanc de mes souvenirs, et que je lui dise ce qu'ils provoquent en moi. Remplir l'absence d'images fabriquées en projetant que j'ai pleuré, que j'ai crié, que je suis partie dans ma chambre, c'est échapper à la réalité. Générer de la fiction. C'est empêcher ma vérité d'éclater. Je comprends. Mon désir est là. Ma recherche littéraire, aussi. Toute la difficulté de l'écriture de soi. Je veux m'approcher du trou. Ne plus faire semblant.

Le psy répète. Vous ne voulez pas faire sans blanc ?

Il laisse un espace suffisamment long entre les deux derniers mots pour que je m'y glisse.

Oui, c'est cela. Je veux accepter le blanc. Je veux aimer le silence. Ne plus fuir le vide. Ne plus transformer le réel.

Il approuve encore. C'est exactement ça. Il semble heureux et il m'explique que c'est pour cette raison qu'il ne me relance pas. Lorsqu'il y a un blanc entre nous, c'est que je m'approche du trou. Je n'ai pas le choix. Il faut que je l'affronte. Il faut que je fasse cette démarche-là.

Le blanc est une belle couleur.

Le blanc est un arbre, une branche, une racine qui mène au trou.

30

J'ai vingt-cinq ans et mon voile est brodé de petits trous. Ils cachent mon visage pendant que je serre le bras de mon grand-père à l'entrée de l'église.

La famille de mon amoureux est traditionnelle et je m'efforce de suivre les codes qui rendent les filles normales. Habillée en blanc meringue, je m'apprête à franchir la lourde porte en bois et remonter lentement l'allée principale sous la marche nuptiale au bras d'un homme. Amoureuse de Clément depuis six ans, je vais l'épouser. Il n'est pas le plus tendre, il n'est pas le plus passionné, il n'est pas le plus drôle, il n'est pas le plus cultivé, mais il est le plus sécurisant. Responsable et courageux, il est à l'opposé de toi. C'est avec lui que je souhaite avoir un enfant. Et tant pis si son père n'est pas là. Tant pis si tu n'es pas là. Ce sont des noces sans père. Le jeu des chaises musicales me poursuit, mais je me concentre sur la mélodie.

Mon grand-père a pris ta place et c'est lui qui me sourit dans son costume gris éléphant piqué d'une rose écarlate sur le parvis en pierres blanches ce jour-là. Je tremble sous le morceau de tulle, heureuse et inquiète dans un ordre qui m'échappe, mais pas lui qui me jette régulièrement des regards doux et fiers en me tapotant le poignet. Alors je m'accroche. Alors je m'agrippe. Alors je me suspends à son coude. Je ne savais pas qu'un coude pouvait être aussi solide. C'est de l'acier. C'est de la matière fiable qui ne casse pas. C'est de l'amour inconditionnel.

La manche de son costume se fripe sous mon gant et je finis par relâcher ma pression. Je suis gaie. Je suis triste. Le tissu ajouré dissimule toujours mes yeux, tandis que j'avance en fixant le chœur. Mon grand-père fait pareil. Est-ce que le souvenir de son propre mariage avec ma grand-mère le traverse ? Les églises sont des boîtes à souvenirs. Est-ce qu'il pense à toi qu'il a tenté de remplacer auprès de ma mère et moi depuis mon enfance ? Est-ce qu'il t'a déjà croisé en bas de son immeuble ou sur son paillasson quand tu venais la chercher pour sortir ? Je ne sais même pas si vous avez vécu ça, ces retrouvailles-là.

J'ignore et j'attends tout.

La suite de la cérémonie se perd dans le flou. J'essaie de faire le point sur le visage de Clément qui m'attend à l'extrémité de l'allée. Je guette ses yeux verts. Je crois me rappeler qu'ils brillent. Que se passe-t-il après ? J'ai l'impression que mes pas s'accélèrent. J'ai peur de trébucher. Mes escarpins sont en soie sauvage et ont un talon de six centimètres. Ne pas tout faire rater. Ne pas songer que les hommes finissent toujours par partir. Je m'appuie au bras de mon chevalier. Il ne plie pas. De quoi a-t-on l'air ? Je redoute que les bouches se délient dans les rangs du fond. Je ne veux pas qu'elles butent sur les rides et les ombres de vie éparpillées sur son visage. Je ne veux pas qu'elles se demandent si ce vieil homme est mon père et où est donc mon géniteur. Je veux l'oubli. Je veux la virginité. Je veux être quelqu'un d'autre.

Mon cerveau se bloque et je ne ressens plus rien de ce qui se joue en moi à ce moment-là. Je me vois seulement marcher vers le transept. On lisse ma robe dans mon dos. On arrange mon voile autour de mon chignon. Qui s'occupe de ça ? L'écran devient noir et je suis obligée de faire appel aux photos prises par l'assemblée ce jour-là. Il y en a cent. Il y en a mille. Je les regarde comme si ce n'était pas moi. Comme si je n'étais pas cette jeune femme aux cheveux tirés en arrière, gorge nue bordée de guipure, qui cache ses cils mouillés et sa maladresse sous un voile. Sur l'une d'entre elles, on devine mon expression concentrée. Dans quelques mètres, mon grand-père va me confier à Clément. Je vais être sauvée, unie par les liens sacrés du mariage. Dans quelques mètres, à défaut d'être la fille, je vais être la femme d'un homme. La femme d'un homme qui va prendre soin de moi et de notre future famille. Je crois qu'à cette époque, c'est mon seul désir.

Pour le meilleur et pour le pire, a dit le saint père.

31

Je suis enceinte lors de notre huitième rencontre.

Comme mon ventre, c'est une promesse. Je m'apprête à t'annoncer que tu vas devenir grand-père. Une sorte de réparation minuscule ourle cette phrase. La normalité va bientôt nous recoudre. La joie va définitivement nous assembler.

Sauf que je ne m'en souviens pas.

Cette fois, la forêt est si dense que je ne parviens à en extraire aucune image. Je n'entends même pas une conversation. Tu vas devenir grand-père. Je jette ces mots comme une suite de cailloux pour remonter jusqu'à toi, mais ils disparaissent dans la poussière. Tu vas devenir grand-père. Ma voix résonne sur le chemin qui s'efface dans la nuit. Tu vas devenir grand-père. La cime des arbres pique le ciel. Les troncs se déplacent devant moi. Les feuillages s'épaississent. Tu vas devenir grand-père.

Une ombre enveloppe mon ventre.

Je m'assois au pied d'un hêtre et attend que ma mémoire revienne. J'ai bien dû te prévenir, pourtant.

Au moins t'appeler lorsque la gynécologue s'est enquise des éventuelles maladies génétiques. Depuis l'enfance, c'est une question piège, une question qui agite ses petits couteaux dans mon dos. Il paraît que les descendants de Robespierre ont mal au cou. Est-ce que j'ai composé ton numéro pour savoir de quoi tu souffres ? Est-ce que j'ai menti comme à mon habitude, rien à signaler, tout va bien ?

Je m'agite sur le tapis de mousse. Je regarde plus loin, là où les fougères jaillissent en bouquet. Est-ce que j'ai partagé avec toi mon bonheur et mon soulagement et ma fierté lorsque j'ai appris que c'était un garçon ? Est-ce que tu m'as téléphoné à la maternité pour me féliciter et me supplier joyeusement de t'envoyer une photo du nouveau-né ? Tu as bien dû te demander s'il te ressemblait. Tu as bien dû avoir cette curiosité-là. Ça n'est pas possible autrement.

Je cogne l'arrière de mon crâne contre l'écorce. Je voudrais l'ouvrir en deux et que notre histoire se répande à mes pieds. Mais tout est sombre. Tout est silencieux.

Pour une raison que j'ignore, cette huitième fois n'existe pas dans ma tête.

32

Je déteste les pères. Non, je déteste les hommes. À part Pierre. Je déteste les gens. Oui, c'est ça. En fait, je déteste les gens.

Dans le cabinet du psy où je me suis allongée à reculons, alourdie de fatigue et d'à quoi bon, je laisse éclater ce constat. Je pensais être quelqu'un de chaleureux, mais je ne suis qu'une illusion.

Le psy me répond sèchement de ne pas dire n'importe quoi, puis me demande ce qui s'est passé.

Rien. J'observe, c'est tout.

Il soupire, puis m'explique que personne ne déteste les gens. Il y a toujours une cause. Il faut que j'arrête de me mettre en scène. Il faut que j'apprenne à rester sujet.

Je ne sais pas de quoi il parle et scrute la pièce autour de moi. Les murs se rapprochent. Mon dos s'encastre dans le cuir du divan. Mes os se cognent aux coutures. Je vois une tache qui s'agrandit au coin de la porte. Une tache immense. Je cache mon visage entre mes mains.

Il reprend alors à voix basse comme s'il me confiait un secret. Il faut que je revienne au *je*. Là, selon lui, c'est le *moi* qui déroule son histoire, ses excès, ses peurs. Et le *moi* n'est que spectacle, apparence, imaginaire, croyance. Le *moi* vit sans cesse les mêmes scènes, les mêmes émotions. Le *moi* radote et tourne en rond. Au contraire du *je* qui agit. Voilà l'enjeu. Je suis sur son divan aujourd'hui pour cette seule et unique raison.

Je me tais. J'ai mal à la tête. Mais je pense à l'écriture. L'enjeu est le même. Je me suis lancée dans la littérature pour arrêter de fuir. Arrêter de me bander les yeux, d'arranger, d'inventer. Je suis devenue écrivaine pour affronter ce que j'étouffe la plupart du temps sous mon sourire.

Le psy complète. Il y a des écrivaines qui sont dans le *moi* et d'autres dans le *je*. Annie Ernaux, Marguerite Duras, sont dans le *je*. Les séductrices, les démonstratrices, les pleureuses, les raconteuses, celles qui parlent fort, rient fort, embrassent fort, sont dans le *moi*. Elles se regardent vivre.

Et vous, de quel côté êtes-vous ?

33

J'ai quinze ans et je suis du côté droit dans la voiture de mon beau-père.

Ce doit être un samedi ou un mercredi après-midi et il me conduit en centre-ville dans sa Corsa blanche. C'est un jour libéré de contraintes. Un jour joyeux.

Mon beau-père ne s'occupe pas souvent de moi et je crois que j'éprouve du plaisir à être là avec lui. Oui, j'éprouve du plaisir. Un plaisir étonné et maladroit, mais un plaisir quand même. Parce que j'aime cet homme. Même si je ne me le formule pas ainsi à l'époque. Je l'aime comme un parent qu'il ne sait pas être. Je l'aime comme celui qui remplit le vide laissé par ton absence. Je l'aime comme celui qui m'apprend l'irrévérence et la fantaisie, le décalé et le hors norme, les coups de tête et les jeux de mots, les Rolling Stones et Rod Stewart, l'Aconcagua et le Kilimandjaro. Je l'aime comme celui qui éveille ma curiosité pour la différence et l'ailleurs, le goût de l'excentricité.

Une forme de folie douce.

Installée comme une adulte sur le siège passager, housse en velours marron, odeurs de vanille, je l'écoute meubler l'espace et le temps en promenant mes yeux sur la ville. On est coincés à un feu rouge sur l'avenue parallèle à mon lycée et le silence semble l'angoisser autant que moi. Le silence est une maison vide. Le silence est un puits sans eau. Daniel le remplit et je le laisse faire.

Je n'ai aucune idée de ses mots, mais je crois me rappeler que leur musique est agréable. Mon beau-père est un faux bavard, un homme capable de discuter pendant des heures sans jamais se confier. Mon beau-père est un pudique. Mais c'est aussi un maladroit. Et un enfant. C'est de là qu'il tire sa force et son aura.

Je suis en train d'observer des passants qui glissent sur le trottoir derrière la vitre comme sur un tapis roulant, lorsqu'il tend soudain son doigt pour désigner une femme qui arrive en sens inverse. C'est sa première belle-mère. Il enchaîne en me racontant qu'il l'a croisée un jour alors qu'il marchait dans la rue avec une copine à son bras. Une copine qui n'était pas sa fille, il précise. La fin de sa phrase éclate de rire. La ponctuation s'exclame. Puis le feu passe au vert. Le moteur de la vieille Corsa gronde et ma poitrine l'imite. Un animal gît en moi.

Je ne sais rien. Je devine tout.

Il y a les appels quotidiens de ma mère pour savoir à quelle heure il rentre, où il est, ce qu'il fait, à qui il parle. Il y a les soupirs de ma mère pour me décrire comment il s'est ridiculisé dans l'avion ou dans un café en draguant l'hôtesse ou la serveuse. Il y a les reproches de ma mère au sujet d'une énième visite médicale en pleine nuit, d'un énième congrès pharmaceutique le week-end, d'un énième coup de téléphone silencieux et tardif. Il y a le regard agacé de ma mère lorsqu'il papillonne autour de mes copines et se plie en deux en trois en quatre pour leur servir de l'eau ou une part de gâteau. Il y a. Beaucoup. Je voudrais ne rien avoir entendu. Je voudrais ne rien comprendre, ne pas juger. M'enfermer à l'intérieur de moi et jeter la clef. Mais la voiture poursuit son élan. D'autres mots sur un autre rire. Une autre histoire qui ne me regarde pas. Un deuxième feu. Un passage clouté. Une ligne blanche. Les lignes blanches sont des barrières. Les lignes blanches partagent les routes. Elles divisent les gens. Ne pas franchir. Garder l'équilibre. Fermer les yeux. Sourire.

34

Tu as dit oui. Tu t'es marié. Une femme longiligne aux cheveux très blonds et très courts s'appuie à ton bras nu sur les marches de la petite mairie en briques orange lorsqu'on se revoit pour la neuvième fois.

L'ennui, c'est que je ne me souviens pas de son prénom. Je sais juste qu'elle a le même âge que toi et ce que m'en disent les photos que j'ai prises à l'époque. Le trou m'aspire. Je m'accroche au papier.

Sur l'image glacée, elle a un long nez, de petits yeux bruns rapprochés, une coupe à la garçonne, et elle porte une salopette blanche, dont les bretelles se bouclent sur son marcel gentiment échancré. Près d'elle, tu arbores un jean délavé, une chemisette blanche et des sandales à lanières.

Je me penche sur le rebord de terre, mais je ne vois pas grand-chose d'autre. Je convoque vos habits, vos corps d'amoureux. J'essaie de colorer la scène, me projeter dans le vivant, votre joie, vos mots, mes émotions. Mais c'est comme si je n'étais pas là. Comme si je m'étais fondue, invisible dans l'air joyeux. Je m'efface devant ce moment qui t'appartient et ne peux que constater ta transformation. Tu n'es plus seulement mon père. Tu es un époux. Ça ne t'est encore jamais arrivé.

Sur les photos, je souris beaucoup en cet après-midi de printemps. Ou d'automne. Je n'arrête pas. En dépit de mes mâchoires un peu tendues qui dessinent deux angles droits sous mes joues, ma bouche tente de garder le pli familier, mon maquillage de jeune femme heureuse. Je souris devant la mairie. Je souris devant cette maison de plain-pied dans laquelle tu as posé récemment tes valises. Je souris sur la terrasse où vous avez disposé deux ou trois tables en plastique blanc. Et même sur la pelouse verte, herbes longues et tendres, où je finis par m'asseoir près de toi, de ta fille et de mon fils. Je me demande qui, des autres ou de moi, je cherche à rassurer en souriant ainsi. Qu'est-ce que je m'efforce de cacher dans l'arrondi de mes lèvres ? J'ai vingt-sept ans et demi, je suis la mère d'un garçon de deux ans, je viens de quitter mon mari qui m'aimait comme une enfant et je suis à nouveau célibataire. Tu as quarante-cinq ans et tu viens de convoler.

Nos décisions aussi nous confrontent.

Sur d'autres instantanés, tu joues avec ton petit-fils. Mais la scène s'estompe. C'est comme si je m'échappais de ma mémoire, peut-être de mon corps. Je dois être émue. Je suis entourée des deux hommes qui me fondent, fille et mère pour la première fois en même temps, ce n'est pas anodin. Mais je ne ressens rien. Ou peut-être que si. Je ressens quelque chose qui ressemble à de l'attente. J'attends d'être emportée par le bonheur. J'attends d'être comblée. Mais je ne suis que du vide.

Je ne suis qu'un trou.

Avec un masque au-dessus.

Quelques jours auparavant, tu m'as pourtant annoncé par téléphone que ta future compagne avait demandé sa mutation à l'étranger et que, comme tu as besoin d'air, comme rien n'avance dans ta vie professionnelle, comme tu as toujours rêvé de la grande aventure, tu la suivras si elle l'obtient. Je me rappelle avoir pensé que c'était bête que tu partes si loin maintenant que je t'avais retrouvé. Je me rappelle avoir pensé que tu allais à nouveau abandonner une petite fille dans un quotidien sans toi. Comment est-ce possible ?

Je ne comprends toujours pas que, par un tour de magie qui m'échappe, le patriarcat n'ait pas engendré la paternité. Pourquoi la plupart des hommes n'éduquent-ils pas ? Ils travaillent. Ils voyagent. Ils se déploient à l'extérieur du foyer. Pourquoi la plupart des hommes s'épanouissent-ils en dehors de leurs enfants ? Je n'ai pas la réponse.

Mais au milieu de tous ces gens qui parlent et boivent et mangent ce jour-là, je ne sais pas quoi faire pour te retenir près de moi. Consolider un lien que les kilomètres ne relâcheront pas. J'imagine que je redoute ton départ. Quelques souvenirs me parviennent, peut-être d'autres photos rangées dans une autre boîte à chaussures. Toi qui tiens la main de mon fils en marchant sur le parking de la mairie. Toi qui le portes à cheval sur tes épaules. Toi qui le chatouilles en roulant avec lui dans l'herbe. Toi si grand à côté de lui si petit. Et moi qui n'en perds pas une miette.

On ne le sait pas, mais c'est l'avant-dernière fois qu'on se voit.

35

Tous les enfants sont confrontés à Œdipe.

Le psy prononce cette phrase puis se tait. Ça doit faire un quart d'heure que je lui parle de toi et, sans bouger, presque sans respirer, j'attends la suite.

Le psy laisse un silence que je ne tente pas de combler, puis il enchaîne.

Jusqu'à quatre ou cinq ans, tous les enfants sont amoureux de leurs parents et ils veulent être aimés en retour. Ils ne peuvent pas admettre que leur mère et leur père leur échappent, qu'ils aient des désirs en dehors d'eux, que papa aime maman et vice versa. Pourtant, c'est très clair. Les enfants doivent tuer leurs parents pour grandir. Ils doivent accepter qu'ils ne soient pas toujours là pour eux. Le parent omniprésent est un parent idéalisé. Il n'existe pas. Ou alors c'est un parent toxique.

Sa démonstration refroidit la pièce et son dernier mot s'étire dans l'air saturé de gaz carbonique. Je réfléchis. Est-ce qu'il est en train de me dire que, même si tu étais encore dans ma vie, tu ne serais pas forcément là pour moi ?

Il insiste.

Les parents veulent avoir des enfants, mais la réalité, c'est qu'ils cherchent à s'en débarrasser dès qu'il les ont mis au monde. Ils cherchent à les perdre dans la forêt. C'est normal. C'est humain. Consciemment ou inconsciemment, c'est le lot de tous les parents.

Et l'enfant le sent.

Et l'enfant, pour devenir adulte, doit l'entendre.

36

J'ai quatorze ans et j'entends une voix.

Je suis en vacances à la montagne, mais je ne parviens pas à me situer. Peut-être que je suis assise avec la sœur de ma mère sous la pergola en rosiers de la maison que louent mes grands-parents chaque mois d'août. Peut-être que je joue dans un champ d'herbes jaunes avec ma cousine à quelques mètres de là. J'ai beau chercher, je ne trouve pas. Les images se refusent. La mise au point n'accroche pas. Il y a des taches de couleur floues, mais aucun paysage, aucun décor, aucune situation précise. Juste de la lumière. Une trouée de lumière. C'est l'été dans l'air. Le soleil pèse une forêt de bois coupé. Ma peau est humide. Je me rappelle cette sensation collante et mon ennui.

Tous les après-midi, le village fait la sieste. Les gens disparaissent derrière leurs persiennes. Même les couleuvres sommeillent dans les murets de pierre.

Je ne sais pas dans quelle ombre je me repose, mais une voix me réveille soudain ce jour-là. C'est une voix féminine. J'essaie de la raccrocher à une bouche, mais il n'y a rien à faire, je ne vois ni les lèvres ni le visage autour. Je ne perçois aucun timbre particulier, aucun accent, aucune intonation. C'est une voix sans personne derrière. C'est une voix blanche sur un écran qui l'est déjà. Mais je distingue une phrase. Une phrase qui éclate comme un ballon, comme un fruit défendu, comme une bombe.

La voix prétend que mon grand-père n'est pas le père de ma mère.

La voix prétend que mon grand-père n'est pas mon grand-père.

Ce que je ressens ensuite est enfoui sous une couche de feuilles mortes, moisies au fond d'un fossé. Encore un trou invisible. Encore un vertige.

Ce que je ressens les années d'après est tout aussi diffus. Encore un masque. Je vis avec ce secret sans qu'il change mes relations à mon grand-père. Il est mon pilier et je m'y accroche. Mais parfois, face à mes tantes, je laisse flotter la révélation comme un flocon de neige. Froid ou chaud ? Est-ce que je brûle ? Personne ne réagit. Tout le monde sait. Face à mes tantes, je fais semblant, l'aveugle, la sourde, la naïve. Il faudra que je finisse par jeter cette phrase au visage de ma mère lors d'une dispute pour l'entendre vraiment. Elle ne niera pas. Comme d'habitude, elle n'ajoutera rien et, comme d'habitude, je ne l'interrogerai pas.

Le trou restera.

Le seul homme à m'avoir serrée dans ses bras depuis mon enfance n'a pas le même sang que moi et qu'est-ce que ça peut faire ?

37

Le décor est laiteux. Il y a quelque chose d'irréel, de romanesque et de flou dans nos dixièmes retrouvailles.

Les années ont passé, mais c'est cette sensation qui persiste. Des bouts d'images surexposées qui flottent dans un ciel délavé, dérivent de l'autre côté du globe. Des bouts. Même pas des silhouettes entières. Même pas un souvenir complet. Des confettis saturés de blanc.

Tu es parti vivre depuis six mois sur une île du Pacifique avec ta femme lorsque je débarque dans le hall de l'aéroport baigné de lumière. Après trois jours de voyage et dix mille kilomètres, mon cœur est gonflé d'espoir. Tu es mon aventurier. Tu es mon baroudeur fantasque et imprévisible. Tu es ma différence. Dans le secret de notre lien, je suis fière d'être née d'un homme comme toi. Et je me plais à imaginer que tu l'es autant. J'ai bientôt vingt-huit ans et je suis capable de changer d'hémisphère sur un coup de tête.

Je cherche ton visage en franchissant le sas. Je n'ai aucune idée de l'environnement, peut-être quelques colonnes de béton pour soutenir un toit en tôle, peut-être un sol de terre ou de goudron défoncé par la pluie tropicale. Tout est vaporeux. J'ai tenté d'écrire cent fois la scène, mais si je suis honnête aujourd'hui, j'ai tout oublié. Je ne me rappelle même pas l'instant précis où nos yeux se croisent dans le flux des regards impatients. Les autochtones sont des costauds et je mets sans doute quelques minutes à te repérer entre leurs épaules. Ce qui me revient en revanche, c'est mon attente. Je viens de traverser le monde pour toi et je projette des retrouvailles à la mesure de cet exploit. Je projette un choc électrique. Je projette une reconnaissance. Volubile et mémorable.

Tes yeux agrippent enfin les miens et je te découvre dans la lumière. Quelques pas derrière toi, j'aperçois ta femme que j'embrasse. Je me souviens maintenant qu'elle s'appelle Fabienne. Puis tu attrapes mon sac à dos et me désigne ton 4×4 garé de travers sur le trottoir un peu plus loin. Une minute plus tard, je suis assise sur la banquette arrière et tu conduis en bavardant gaiement.

Dans ton dos, tu ne le sais pas, mais l'émotion me tétanise. Elle me submerge. Je n'écoute rien de ce que tu me décris. Je n'admire pas les camaïeux de vert et de bleu que tu me désignes de ta main bronzée. Rien. Mon corps est un bloc de coton humide, mon cerveau imbibé d'une seule pensée.

Je suis avec toi.

À une intersection, tu aperçois pourtant un de tes amis au volant d'une Jeep et, de véhicule à véhicule, tu me présentes à lui. Tu lui dis c'est ma fille. Une flamme sèche ma poitrine. Une larme glisse sur mon visage. Mais ce n'est pas une larme. C'est un rayon de lumière qui me traverse. C'est un feu qui m'incendie. C'est un cadeau de bienvenue après trois escales et deux nuits d'avion sans sommeil.

Je suis.

À partir de là, j'entre dans ta vie. Je crois qu'on peut dire les choses comme ça. Je découvre ta maison et ton quotidien. Il y a bien des mots qui ne s'emboîtent pas le premier soir, des interrogations au sujet de ma mère qui s'attroupent dans ma voix comme des animaux inquiets, ta légère crainte de m'entendre questionner le passé pendant tout mon séjour, mais je les chasse. Tu es mon père. Les pères sont des hommes majuscules. Ils sont plus grands, plus forts, plus sages que les autres hommes. Ils ont la justesse du savoir et l'autorité de l'expérience. Ils ont la compréhension. Ils ont l'indulgence. Tout ce que je veux, c'est te découvrir. C'est t'apprendre. Tout ce que je veux, c'est te connaître. Et que tu me connaisses en retour.

Je ne me souviens pas des expressions de ton visage ou de ton parfum, mais des zones de clarté apparaissent et disparaissent dans ma mémoire. Je t'apprends en une série de vignettes comme dans une bande dessinée. Je t'apprends à la cuisine lorsque tu découpes des oignons sur une planche en bois exotique devant l'évier ou lorsque tu ris avec ta femme en dressant la table pour les repas. Je t'apprends dans le jardin emmêlé de palmiers lorsque tu l'arroses le soir. Je t'apprends dans le salon lorsque tu bouquines les jambes croisées sur le canapé. Je t'apprends avec les autres lorsque je t'accompagne faire des courses chez l'épicier, dîner chez des amis ou photographier des enfants dans une école primaire. Dès ces premiers jours, je t'apprends partout et t'escorte comme ton ombre. Je suis ton ombre.

Je suis un prolongement de toi.

Depuis plusieurs mois, sans savoir si c'est toi qui m'as influencée, je suis même devenue photographe. On partage désormais cette passion. On partage aussi la plongée sous-marine. On partage le goût des voyages et des virées sauvages. Je ne me rappelle pas si tu aimes la littérature et le cinéma, mais on partage des idées, des plaisirs, des curiosités, et chaque soir, dans le secret de mon lit, je fais l'inventaire. Les lignes s'accumulent. Tout doucement, je me rapproche. Tout doucement, on se comporte comme un père et une fille sous un même toit. Deux adultes qui ont un sang et un passé en commun. Deux membres d'une même famille qui passent des vacances ensemble.

Sauf que je t'entends un matin pisser à travers la cloison qui jouxte ma chambre et tout s'embrouille à nouveau malgré moi.

Je me rappelle précisément le tintement aigu et mouillé qui me cueille à mon réveil ce jour-là. Et la vision qui s'empare de moi. Je suis couchée dans ta chambre d'amis, lit double, armoire vide, ventilateur au plafond, et je t'imagine soudain debout de l'autre côté du mur, ton corps perpendiculaire au mien. Je t'imagine torse nu, le caleçon replié sous tes fesses, la taille crénelée par l'élastique, le bassin en avant, le pénis gonflé entre tes doigts. Un père, ça a les mêmes attributs qu'un homme. Ça a des poils et des testicules. Ça a des odeurs et des pensées. Est-ce que toi aussi, tu as conscience de ma présence à cette seconde-là ? Est-ce que tu te retiens d'uriner, lâchant péniblement quelques gouttes en tendant l'oreille comme on le fait parfois lorsqu'on se retrouve chez des étrangers dans une promiscuité déplacée ? Est-ce que tu t'en fous, sûr de ta place et de ton besoin à soulager ?

Je ne sais pas.

Je ne sais pas l'épaisseur de la réalité.

Mais je sais mon vertige, la lourdeur qui me colle au matelas. Je sais mon trouble. Et je sais mes efforts pour effacer les images.

Les pères n'ont pas de sexe.

38

Pourquoi est-ce que j'ignore comment tu as rencontré ma mère ? Pourquoi est-ce que je suis incapable de dire combien de mois ou d'années vous êtes restés ensemble, ce que vous avez vécu, comment vous vous êtes séparés ?

Dans le cabinet du psy, mes questions sont des toupies qui tournent sur elles-mêmes. Pourquoi ne les ai-je pas posées à ma mère ? Pourquoi ne te les ai-je pas posées ? Pourquoi n'ai-je pas retenu vos rares réponses ? De quoi ai-je peur ?

Le psy se racle la gorge. Ça fait comme un grognement, la plainte d'une bouche affamée. Je n'ai aucune envie de l'écouter, mais il s'en fout. La bouche a faim et hausse la voix. J'imagine ses lèvres qui s'écartent derrière moi.

Vous n'avez pas posé de questions parce que vous vouliez garder votre père pour vous.

Pardon ?

Je me tortille sur le divan et agrippe du regard le fauteuil en face de moi. Avec ses deux coussins épais et noirs, on dirait le corps d'un taureau qui se prépare à charger.

Vous vous êtes construite avec un père imaginaire et vous n'avez pas voulu qu'il se transforme en père réel.

Je croise les jambes, supplie en silence le taureau de prendre son élan et de tout détruire sous ses sabots.

Vous avez voulu garder votre père idéal coûte que coûte.

Je secoue la tête et le psy développe.

Il y a le père symbolique, il y a le père réel, et il y a le père imaginaire. Jusqu'à aujourd'hui, il semble que vous ayez eu besoin de conserver cette image de père inventé avec laquelle vous avez grandi. C'est comme ça que vous avez appris à vivre. Et lorsque vous êtes allée retrouver votre père dans le Pacifique, c'est à ça que vous avez été confrontée. Vous n'avez pas accepté de rencontrer un père en chair et en os. Vous n'avez pas accepté de rencontrer un chef de famille.

N'importe quoi.

39

J'ai vingt-neuf ans et je déjeune avec mon chef de service. Il n'est pas de ma famille, mais je me suis attachée à lui.

Comme mon grand-père, il a la voix qui porte et le regard haut. Comme toi, c'est un alcoolique. Il aime le gin et l'oubli. Comme tous les directeurs photo de magazine, c'est un homme autoritaire. Mais il est aussi sensible.

Philippe m'invite à l'accompagner alors que je finis d'éditer un reportage dans le bureau qui jouxte le sien. Ça lui arrive de temps en temps. À chaque fois, j'en éprouve une joie curieuse. C'est comme s'il allumait une bougie à l'intérieur de moi. Comme s'il me sortait d'une ombre diffuse. Ses yeux noirs se posent sur moi et la pièce s'éclaire. Ma colonne vertébrale se redresse. Ça fait un an que je suis devenue photographe pigiste et, depuis quelques mois, il me tend la main. Mieux, il me légitimise. Au sein du journal national où il travaille, il me donne une place.

Installée dans l'élégant restaurant où il a ses habitudes, toujours à la même table près d'une fenêtre, toujours face au mur, je le questionne sur les articles de la semaine. Je ne me souviens pas précisément de notre discussion, mais je revois ses sourcils épais qui s'agitent au-dessus de son regard. On dirait deux buissons pris dans le vent. Plus il parle et plus il y a de bourrasques. Peut-être qu'il tempête contre un directeur de cabinet qui refuse un rendez-vous à l'un de ses photographes. Peut-être qu'il s'enthousiasme pour un portrait inédit qu'il espère décrocher. Peut-être qu'il m'écoute lui raconter mes doutes et mes envies, l'image et l'écrit.

Ce dont je me souviens, c'est que je me tiens droite devant lui. Je me tiens souvent droite face aux hommes plus âgés. Consciente du rebond fragile de nos mots, de leur fuite possible vers d'autres recoins, je veille à ne pas minauder. J'évite l'imprécision et l'ambiguïté. J'aligne des mots francs, des mots clairs, des mots amis. Et je me sens chanceuse en rassemblant doucement mes couverts sur le côté droit de mon assiette ce jour-là. Cet homme me trouve du talent. Cet homme m'encourage.

Le café avalé, nous sortons du restaurant et je le remercie. Je veux lui manifester ma reconnaissance. Ma reconnaissance de sa reconnaissance. Il y a des sentiments qui sont comme des poupées russes. Merci pour ce déjeuner. Merci pour votre confiance. Mais voilà que Philippe s'immobilise et m'attrape fébrilement les deux mains.

Pourquoi fait-il ça, je l'ignore. Mais je sursaute. Je sens mon visage qui blêmit, ma bouche qui se tord. Ça se produit en une fraction de seconde. Malgré moi. La cire de mes joues fond d'un coup, creusant ma peau d'incompréhension et d'inquiétude. Alors que tout est flou jusque-là, je me rappelle parfaitement mon cœur qui se met à cogner comme un enfant enfermé dans sa chambre, mon souffle qui s'accélère. Et mon cœur. Et mon souffle. Et mon cœur. Et mon souffle. Je ne bouge pas. Mes pieds, vissés au trottoir, s'enfoncent dans le ciment. Encore aujourd'hui, je sens mon centre de gravité qui s'affaisse. Mon buste se rétracte. Est-ce que c'est à ce moment que j'ai retiré mes mains ?

Le ciel s'obscurcit à nouveau et je ne distingue plus rien. Mais je sais ma confusion. Je sais mon trouble et ma honte et ma colère et ma déception. Je veux m'en aller. Rester sur le repas partagé. Rester sur la reconnaissance de mon travail et une possible amitié. Rester en confiance. Ne pas m'aventurer dans la forêt. Ne pas tomber dans le trou. Continuer d'apprécier cet homme. Obéir à ses ordres. Chacun son bureau, chacun sa chaise. Qui perd sa place ne la retrouve pas. On connaît la chanson. Il y a toujours un perdant. Je ne veux pas jouer.

Sauf que Philippe a quelque chose à me dire.

L'image revient et je suis bien obligée d'observer son regard qui me couve, sa bouche qui s'ouvre lentement. Je n'imaginais pas qu'une bouche pouvait mettre autant de temps à s'ouvrir. J'ai l'impression que de longues secondes s'écoulent avant que le trou béant n'apparaisse. Puis des sons s'en échappent et planent dans l'air froid.

Vous savez, on fait peu de grandes rencontres dans une vie. Est-ce qu'il tremble ? Ces grandes rencontres, on peut les compter sur les doigts d'une main. Mon cœur durcit. C'est un caillou. C'est un rocher qui dévale la pente pour se jeter dans un ravin. C'est un corps aux aguets qui se fracasse au sol. On peut les compter sur les doigts d'une main et vous en faites partie.

Sa voix s'éteint dans un murmure, émue, peut-être essoufflée, et je m'efforce de lui sourire à mon tour. Je ne sais pas bien ce qui se passe après. Rien. Il ne se passe rien. Je crois que je me mets juste à marcher. Vite. Pas trop rapidement, mais en forçant quand même le pas jusqu'à l'immeuble du journal. J'ai les côtes écrasées, une angoisse qui entaille la paroi de ma cage thoracique, les traces visibles d'un combat dans ma poitrine, mais je m'oblige à avancer. Nous regagnons le bureau. Rien. Il ne s'est rien passé.

Mon chef photo m'a juste dit qu'il m'appréciait.

40

Le bateau s'éloigne. Notre dixième rencontre s'étire.

Ça fait une semaine que je t'emboîte le pas sur ce bout du Pacifique que tu as fait tien et ta femme vient de nous déposer sur une île sauvage pour qu'on y passe la nuit.

Quel père est capable d'emmener sa fille dormir sur un lopin de terre inhabité à la frontière du monde ? Quel homme est capable de cette excentricité-là ? Je n'en compte qu'un dans mon entourage. Mon beau-père. Ma mère a de la cohérence. Ses grands amoureux se ressemblent.

Le bateau disparaît dans la courbe des vagues et des images de nous surgissent. Je me souviens de mon excitation, tandis qu'on enlève nos habits pour se jeter à l'eau. Puis de mon plaisir incrédule de plonger avec toi en maillot de bain dans le bleu infini et désert.

Très vite, nos corps flottent l'un près de l'autre. Nos corps se rapprochent. Nos corps s'écartent. Régulièrement, je me vois relever la tête pour repérer l'arrière de ton crâne emmêlé de cheveux blonds et mouillés, ton dos bruni dérivant sur la mer tiède, les bulles joyeuses de ta respiration s'échappant de ton tuba. Puis je replonge. Entre deux mouvements de bras, tu te mets debout pour me demander : « Ça va, ma puce ? » Tu me tends un morceau de nacre comme si c'était un trésor. Tu énumères le nom de tous les poissons qui slaloment sous nos ventres. Tu me souris et le temps s'enroule dans une bobine de soie.

La lumière commence à décliner, lorsque tu m'annonces qu'il faut organiser notre bivouac. Est-ce à ce moment que le trouble me saisit ? Je cherche, mais je ne suis pas sûre. Je ne me rappelle pas précisément l'enchaînement de mes émotions, mais je me rappelle ma maladresse lorsqu'on se retrouve tous les deux, enroulés dans nos serviettes, sur la plage. Seuls face au tranchant lisse de l'océan. Seuls face à l'étendue de sable ponctuée de souches arrachées. Seuls face à la forêt qui avale l'île derrière nous. Il n'y a personne pour faire diversion. Aucun baigneur. Aucun moteur. Même plus une crevette ou un coquillage à pointer du doigt. Rien que nous. Deux personnages de roman. Rien que la nature. Et les aigrettes qui fendent le ciel. Et les crabes qui s'enfoncent dans le sol. Des trous, encore des trous.

Je ne crois pas avoir regretté un instant d'être là. Je ne crois même pas avoir craint qu'il y ait des animaux sauvages ou des serpents. Mais je ressens encore aujourd'hui mon appréhension en découvrant la végétation désordonnée s'emmêlant sous une couverture de branches et les toiles d'araignées translucides, tissées entre les troncs d'arbre autour desquels on suspend nos hamacs, après avoir enfilé un jean et un tee-shirt. Mes pieds nus qui avancent qui reculent qui piétinent pour aller ramasser le bois mort que tu m'as demandé de rapporter pendant que tu construis un foyer avec des pierres. Les lianes folles qui frôlent mon visage. Les racines qui heurtent mes orteils. Les insectes qui grouillent partout. Ta voix qui s'impatiente dans mon dos en me voyant traîner comme une petite fille qui a peur des bêtes. Et puis le feu que tu allumes. Le feu qui nous illumine et nous installe dans une cabane invisible. Le feu qui nous réunit à nouveau.

Les images continuent de glisser dans ma tête. Elles ont la douceur de la guimauve. Je me souviens du plaid ou du paréo que tu déroules. De nos deux corps posés côte à côte face au soleil qui s'enfuit. De nos peaux qui changent de couleurs aux premiers déhanchements de la nuit. De ton pull que tu attrapes en m'invitant, je crois, à aller chercher le mien. Du bout de pain et de la tranche de jambon que tu sors de la glacière et me tends. De la bouteille d'eau qu'on se passe de main en main.

Et de ma bouche après ta bouche sur le goulot.

Nos visages restent longtemps, ce soir-là, parallèles et immobiles, au-dessus des flammes qui valsent en silence, pendant que les crabes quadrillent l'espace autour de nous. Si je fais un effort, je peux même reconstituer dans ma tête l'horizon agité de points lumineux. De notre refuge, ça fait comme un tableau de Seurat. Comme un écran de télévision.

Jusqu'à ce que tu te mettes à parler.

Je ne suis pas sûre des phrases exactes que tu prononces, même si j'ai écrit et réécrit la scène des années plus tard dans mes carnets. Mais si je veux saisir quelque chose de vrai, ne pas me laisser emporter par le souffle de l'imaginaire, je dois border ma voile. Rester au plus près du vent. Ne pas inventer. Accepter les blancs, c'est l'enjeu.

Ce que je sais en revanche, c'est qu'on ne se regarde pas. Dans l'obscurité qui s'épaissit, les mots sortent soudain de tes lèvres, mais ils ont leur propre existence. Chacun danse à sa façon dans l'air chaud. Je ne suis même pas sûre qu'ils viennent tout seuls. Je les prends sans doute par la main. Je les aide, je les provoque. Il y a peut-être un prologue sans importance. Il y a peut-être un embarras, une hésitation. Et puis tu te lances. Tu me dis que tu as rencontré ma mère au mauvais moment. Tu me dis que tu as essayé de revenir après ma naissance, mais que ma mère n'avait pas confiance en toi et qu'elle t'a demandé de te tenir loin de nous. Tu me dis que tu m'as parfois observée jouer à la marchande sur l'étal de fruits et légumes de mes grands-parents le dimanche matin. Tu me dis que tu as fini par tourner la page.

Je perds le souvenir de tes paroles dans les eaux noires. J'attrape une branche rougie par le feu. Je la promène sur les ombres muettes qui s'égarent maintenant dans mon cerveau. Ça ondule par endroits. Je n'ai pas réussi. Ma gorge se serre. Je n'ai pas réussi à te demander à nouveau de me reconnaître officiellement. Mes yeux se salent. Je me tais. Les murs de notre cabane s'effondrent. On est assis sur un amas de cendres sans rien autour. Je pense aux trois petits cochons. Seul l'un des frères a empêché le loup d'entrer.

Tu émets un léger soupir et je me reprends aussitôt. Je me moque de moi. Je te rassure, je ne vais pas pleurer. Puis je te confie quand même que je me sens bancale, incapable de me sentir heureuse et en sécurité avec un homme. Je suis venue ici pour que tu m'aides à débloquer quelque chose. Quoi ? Je l'ignore. Mais c'est toi qui te moques cette fois. Tu m'expliques que tu n'es pas magicien, même si je ne crois pas que tu aies employé ce terme-là. Tu penses qu'il faut que j'arrête de ressasser. Le passé n'est responsable de rien. C'est moi qui écris mon présent.

Puis tu te tais à nouveau.

Et je marche seule dans ton silence. Je regarde les petits rouleaux d'eau se briser à nos pieds. Je compte les fourmis, les poissons volants, les chauves-souris. Les absents ont toujours raison. Je regarde le feu qui s'éteint. Il est gris et froid. Est-ce toi ou moi qui ai annoncé qu'il était l'heure d'aller se coucher ?

Tout se brouille. Un écran de fumée épaissit la nuit. Mais repliée tout au fond du hamac dans mon duvet, à quelques mètres de ton corps ronflant et des araignées qui peaufinent leur toile autour de mes cheveux longs, je me souviens que je vacille. Un père qui dort est un lâche. Un père qui dort est un mur, une gifle, un manque. L'île est un cimetière.

Mon rêve de toi s'ensable.

41

J'ai entamé des travaux chez moi avec un homme qui s'appelle Patrice.

J'annonce la nouvelle au psy d'un ton lugubre, puis me tais. Il ne semble pas voir le problème et quelques minutes galopent entre nous sans qu'on les rattrape.

Je me mets alors à chuchoter. Je ne sais même pas s'il m'entend. D'une voix fatiguée, je lui explique que Pierre ne veut pas qu'on habite ensemble et que j'ai ravalé ma déception en décidant de me construire la chambre en mezzanine que je me dessine dans la tête depuis des années.

Le psy me félicite, mais je poursuis prudemment. Le problème, c'est que la démarche n'est pas évidente à entreprendre seule quand on espérait la partager. L'autre problème, c'est que je ressens une brûlure chaque fois que je prononce le prénom de mon maître d'œuvre dans nos réunions de chantier. C'est comme une douleur qui se réveille. Comme un écho qui me vrille les tympans.

Le psy reste muet et je lui avoue que ça m'arrive aussi lorsque que je rencontre d'autres Patrice. J'en ai croisé cinq dans ma vie.

Il s'étonne. Vous les avez comptés ?

Oui.

J'ignore quoi ajouter et lui demande de m'aider au moins à vider ce prénom de son chant triste. Est-ce qu'il faut que je te voie pour en finir avec ce genre de réactions ?

Mais il me coupe la parole.

On s'en fout, du prénom. Et même du nom.

Mon corps se tend comme un arc sur le divan. Je ne peux pas le laisser dire ça. Parce que je ne m'en fous pas, non, de porter un nom qui n'a rien à voir avec mes origines. Je ne m'en fous pas de m'être accrochée au patronyme donné à mon fils par mon ex-mari devant un tribunal, juste pour être enfin liée à un sang qui ne ment pas. Je ne m'en fous pas, non, de ne pas porter ton nom et de ne même plus m'appeler comme ma mère depuis qu'elle s'est mariée.

Ça me fait penser aux romans de Marcel Pagnol. Dans les milieux ruraux jusqu'à peu, on nommait les enfants en les rattachant au prénom de leur mère. On les identifiait par leur cordon ombilical. Ça ne triche pas, un cordon ombilical. On devrait m'appeler Sandrine de Chantal. Ça aurait plus de sens. Mais on n'a que faire du sens à la ville. À la ville, on est rattrapé par les apparences. On les sauve. On les invente. Et peu importent les racines.

Le psy m'interrompt. Il doit s'être redressé dans son fauteuil, car j'entends le soupir d'un coussin. Il me redit qu'on s'en fout de tout ça. C'est de l'imaginaire. On se fout de l'imaginaire. Ce qui doit nous intéresser, c'est le symbolique. Les prénoms et les noms ne sont pas symboliques.

Je lui réponds que je ne comprends toujours pas ce qui est symbolique et que ça m'épuise. D'ailleurs, dès qu'il évoque le concept, je décroche. Il s'adoucit et m'encourage à préciser. Je lui avoue que j'ai des absences. Je me ferme et n'entends plus ses paroles. Ça m'arrivait souvent quand j'étais petite.

Vous étiez distraite ?

Oui, c'est ça.

Il me confie alors que la distraction est le refoulement. La tête se coupe du corps pour ne pas éprouver d'émotions. C'est un système de protection. Comme mes pertes de mémoire. Mais ce n'est pas un drame, selon lui. Ça dit juste que quelque chose est refoulé et qu'il faut que je le remonte à la surface de ma conscience. Il faut que je continue à marcher dans la forêt et à m'approcher du trou. Ce qui est cocasse, car je dois joindre aujourd'hui mon maître d'œuvre pour lui dire où placer l'ouverture de l'escalier de la mezzanine. Il élude et répète. Il faut que j'arrête la narration, les détails, la tentation de la fiction.

Et que je ressente.

42

J'ai douze ans et je ressens de l'affection pour mon oncle.

Je lui rends souvent visite dans le village où ma mère et mon beau-père ont aussi une maison. À chaque fois, je m'applique à bien me comporter. Je retire mes chaussures sur le paillasson pour ne pas salir. Je pense à ne pas couper la parole. Je ne laisse pas mon manteau traîner. Je retiens mes gros mots. J'aide à ramasser les pommes et à ranger le bois. Je me sers en dernier. Je ne mange qu'un seul carré de chocolat à la fois. Je ne ris pas la bouche pleine. Je bois ma tisane ou ma soupe sans bruit. Je sollicite la permission de me lever de table. Je dis merci. Je dis s'il te plaît. Et j'en redemande.

J'obéis à mon oncle comme on obéit à un père. Je me plie à ses règles. Je me conforme à son éducation. On est dans une société patriarcale et l'autorité vient encore des pères. Mon grand-père m'embrasse. Mon beau-père me fait rire. Et, en ton absence, mon oncle me cadre. Il est finalement le seul homme à avoir du sang commun avec moi. Et le seul homme à m'apprendre la distance qui n'éloigne pas. Le seul homme à me poser les limites claires et hiérarchisées qui aident à trouver sa place auprès des autres.

Comme souvent, j'ai filé chez lui ce jour-là après avoir déjeuné avec ma mère et mon beau-père. J'ai traversé en galopant le village, ouvert le portail aux gonds grinçants, grimpé la côte cailloutée, fait sonner le carillon de la porte d'entrée, foulé le carrelage gelé du salon, et ai déboulé dans la cuisine, alors que mon oncle, ma tante et ma cousine sont encore attablés. Puis je me suis assise avec eux, après que ma tante m'a demandé si je voulais des spaghettis, et j'ai dit oui. Je dis toujours oui, et tant pis si ça me fait avaler deux repas. Je pourrais déjeuner une troisième fois si ça me permettait de rester plus longtemps en leur compagnie.

Le souvenir de ce moment est à la fois précis et flou. Je ne peux pas décrire la nappe cirée, peut-être beige à carreaux, peut-être beige à fleurs, mais je peux me représenter les yeux fermés le carrelage brun, les murs bruts de plâtre, le plan de travail accueillant l'évier et le four, pour les avoir côtoyés mille fois. Je me vois au milieu de la pièce comme si j'avais toujours été là. La caméra prend de la hauteur et je distingue nos quatre têtes équitablement réparties dans l'espace. J'entends la bonne humeur. J'entends le plaisir d'être ensemble. J'entends l'équilibre d'une famille unie. C'est comme si j'étais la deuxième fille de mon oncle, même s'il n'a jamais employé ce mot-là. Contrairement à ma tante qui n'hésite pas, encore aujourd'hui, à me considérer comme telle. À chaque fois, j'abonde. À chaque fois, je surenchéris. Une joie enfantine me tartine la poitrine. Mon cœur se transforme en bonbon. Je le fais rouler sous ma langue.

Vivre avec mon oncle, ma tante et ma cousine, c'est trouver un peu de répit entre deux tours incertains de manège. C'est un mode d'emploi. C'est un apprentissage de la normalité. C'est une bouée de survie. On dirait que j'aurais deux mamans. Enfin, quatre, si je compte ma grand-mère et mon arrière-grand-mère. On dirait que j'aurais un papa que j'appellerais tonton.

Lors du repas, ma tante rit comme d'habitude. Ma cousine râle gentiment. Mon oncle ponctue le temps, voix trompette, silence militaire, tout en veillant à me faire plaisir. Il m'incite à reprendre des pâtes, me tend le ketchup, me raconte la floraison des pruniers. Et ça me plaît. Au sein du carrosse, je suis la quatrième roue. À un moment, je m'échappe pour aller aux toilettes, puis je me lave soigneusement les mains, et reviens m'asseoir sans faire grincer ma chaise. Il y a du dessert, un yaourt ou un fruit que j'avale comme un gâteau d'anniversaire. C'est toujours meilleur chez les autres.

Le problème, c'est après. Après le déjeuner. Après avoir débarrassé la table et aidé à essuyer la vaisselle. Après s'être installés tous les quatre devant la télé. Le trou revient. C'est un long tunnel creusé entre deux bosquets. C'est un couloir d'air renfermé et étouffant. Je me rappelle que mon oncle se lève, quitte la pièce, puis revient presque immédiatement. Il n'élève pas le ton, mais il me prie de le suivre. Je ne sais pas où je me trouve exactement, assise sur le bord de la cheminée ou dans le canapé, mais je me redresse. Qu'est-ce que j'ai fait ? Mon cœur s'alourdit. On dirait une bûche tombée du feu. Qu'est-ce que j'ai fait ? J'ai envie de pleurer, avant même de répondre à la question.

Je le rejoins devant la porte en bois des toilettes. Je n'ai aucun souvenir de ses paroles à cet instant. Pourtant, ça fait partie de l'histoire. C'est même le point culminant. Quels mots emploie mon oncle pour me demander si la serviette hygiénique jetée dans la cuvette m'appartient ? Aucune idée. Tenter de les exhumer aujourd'hui me demande un effort cuisant. J'ai l'impression qu'un incendie se déclare à nouveau dans mon cerveau.

Ça fait quelques mois à peine que je suis devenue une femme selon l'expression ridicule et je ne sais encore gérer ni l'événement ni la routine. Ma mère m'a renvoyée vers le placard qui contenait les protections périodiques lorsque je l'ai appelée, paniquée, en constatant les traces rouges au fond de ma culotte le jour où ça s'est produit, et l'explication de texte s'est arrêtée là. Même si ma cousine s'est chargée de développer peu après, la vérité se fait nue et déroutante. Je n'ai jamais parlé de ces choses-là avec un homme.

J'imagine que la majorité des pères ne se mêle pas des menstruations de leur fille et, cette fois, je ne peux pas te jeter la pierre. Je ne peux que constater mon malaise. Pire. Mon humiliation. C'est violent. Un feu m'avale que je ne sais pas nommer. Je crois me souvenir que tandis qu'il parle, mon oncle détourne les yeux. Il ne regarde ni la cuvette ni mon visage. Il m'évite et je me sens sale. Je veux disparaître sous le carrelage, sous le ciment, sous la terre. Je veux rembobiner la pellicule.

Je m'en veux d'avoir gâché le film. J'ai été distraite. Ma distraction a rompu l'équilibre.

Je finis par acquiescer et mon oncle s'éclipse. Je me retrouve seule face à ma féminité. C'est une mer noire. C'est glauque et dégoûtant. Je ne veux pas être une femme sous le regard d'un homme.

43

Les vagues ne font plus de bruit. Notre dixième rencontre touche à sa fin.

Après notre escapade sur l'île déserte, nous replongeons dans ton quotidien, mais la bande-son a changé. Entre nous, l'océan ne chante plus, il grince. Nos présences ne se cherchent plus, elles s'exaspèrent. Nos corps se fuient.

C'est ce ballet dissonant qui émerge encore aujourd'hui lorsque j'essaie de me rappeler. Ça fait deux semaines que j'habite avec toi et c'est comme si on n'arrivait plus à exister en même temps. Comme si on ne pouvait plus respirer le même air.

Je n'ai pas d'images précises à part celle de la chambre où je dors. Les cloisons sont aussi blanches que mes nuits. Autour du lit et de l'armoire, l'espace est vide. Je suis ce vide. Je m'y couche chaque soir comme un chien dans son panier. Je suis incapable de décrire ce que je fais de mes journées. Si. J'attends. J'attends que tu parles. Les silences des pères terrorisent tous les enfants. Ce sont des ombres qui planent comme des buses, comme des aigles, comme des vautours. On n'est jamais sûr qu'elles ne vont pas nous dévorer.

Quand je ne déambule pas dans ta maison en ton absence, j'essuie tes remarques. Tu me sermonnes parce que je n'ai pas étendu correctement mon maillot de bain. Tu t'agaces que je me sois trompée dans les pièces que tu m'avais demandées de te rapporter de métropole pour ton appareil photo. Tu trouves que j'aurais pu acheter une bouteille ou un gâteau pour le dîner. Tu pointes mon comportement désinvolte et immature, et tu as peut-être raison. J'agis comme une fillette. Les pères ne s'incarnent pas sans enfant.

Je ne me rappelle pas les derniers matins et les derniers soirs dans ta maison. Je ne me rappelle pas tes yeux. Je ne me rappelle pas tes gestes. Mais je me rappelle ma confusion. Est-ce qu'on use les pères à force de les fréquenter ? Je me rappelle le ciel qui s'assombrit. Je me rappelle l'orage qui couve.

Il y a d'abord de fines gouttes qui débordent d'une conversation anodine. Les nuages noirs recouvrent tout et j'ignore à nouveau où et quand ça se produit. Mais les mots grondent. Les mots traversent. Les mots éclatent. Tu me reproches de tout savoir mieux que les autres sous prétexte que je travaille comme photographe à Paris. Est-ce que tu penses vraiment que je t'ai volé ton métier ? Est-ce que tu t'en veux de ne pas avoir accepté un poste à l'Agence France-Presse quand tu étais gamin et que je faisais mes premiers pas en couche-culotte ? Il y a des paroles incompréhensibles qui s'abattent comme le malheur sans prévenir. Il paraît que lorsque tu m'as touché l'épaule le premier jour de mon arrivée, tu n'as rien ressenti et tu as eu la sensation de poser ta main sur un bout de bois. Oui, un bout de bois. C'est l'expression que tu as employée. Il y a des vérités maladroites. De toute façon, tu savais qu'on en arriverait là, il fallait que je tue le père. Il y a des pas en arrière. Après tout, seule ma mère sait si je suis ta fille. Toutes ces phrases flottent dans ma tête comme des poissons morts. Est-ce que je les ai inventées avec les années ?

Dans le dernier film d'Arnaud Desplechin, un frère et une sœur se détestent. Mais ils ne savent plus pourquoi. Ça s'est inscrit en eux, c'est tout. Bien sûr, il y a eu une dispute. Il y a eu une blessure. Il y a eu des actes ratés. Ils s'aimaient. Trop. Mais au bout de vingt ans, ils ne se rappellent plus ce qui a incendié leur relation. Avec le temps, il est presque impossible de se souvenir de nos conflits. La douleur s'enlise, enfermant la poudre inflammable dans de grands sacs opaques, et on se retrouve dos à dos comme des idiots.

Et puis un après-midi, alors que tu rentres plus tôt que d'habitude, on se confronte enfin dans la chaleur du jardin. Cette fois encore, je n'ai pas d'images. Juste une suite de mots. Même pas ta voix. Est-ce que tu as vraiment dit qu'on n'avait rien en commun ? Est-ce que tu as vraiment affirmé que j'étais une petite fille gâtée ? Est-ce que tu m'as vraiment demandé à quoi je m'attendais en venant te voir ? Je ne peux pas le certifier, la mémoire est une fouteuse de merde. Mais nos échanges ont la couleur de la colère ce jour-là. Ils sont la rage, le regret, la déception, la peine, l'incapacité, la frustration. Ils sont comprimés dans de petites bouteilles en plastique. Jetés à l'eau, ils s'adressent à toi, à moi, aux hommes qui partent, aux filles qui fuient, aux mères qui restent. Ce ne sont pas des mots en bouteille, ce sont des bombes. Artisanales et cruelles comme tout ce qu'on ne contrôle pas. Des grenades qui se dégoupillent et nous transforment en torches humaines. Voilà. On n'est plus que deux masses incandescentes, puis que deux tas de braises.

On n'est plus qu'un homme et une femme qui ne s'aiment pas.

Je file dans ma chambre et attrape mon sac à dos.

On n'est plus qu'un homme et une femme qui se quittent.

44

Vous ne savez pas ce que signifie Patrice ?

Le psy rigole et je m'enfonce dans les coussins du divan. L'ampoule sans abat-jour frémit. Le fauteuil en cuir soupire. La petite bibliothèque chuchote. La fenêtre derrière le rideau menace de s'ouvrir. Le bois de la porte se fendille. Je ferme les yeux.

Non, je ne sais pas ce que veut dire ce prénom.

Eh bien, arrêtons-nous là.

45

J'ai treize ans et un prénom allemand.

C'est un rituel dans la classe de M. Chesnais. Au début de l'année, il rebaptise ses élèves. Mon nouveau prénom, c'est Inge. Le *g* ne se prononce pas. On l'aspire en appuyant sur la dernière voyelle. Inge. Ça ressemble à la fin de Sandrine. J'aime cette idée d'être nommée différemment. C'est comme une nouvelle naissance.

Trois fois par semaine, pendant une heure, je suis quelqu'un d'autre.

Trois fois par semaine, pendant une heure, je suis une fille à qui un homme a donné un prénom.

Je me souviens de mon plaisir simple. Même si à cette époque, je ne cherche pas à savoir d'où il vient. Inge. Quand M. Chesnais m'appelle, je réponds. Je ne crois pas que je sois amoureuse de lui comme on peut l'être à cet âge. Non. C'est une autre sorte d'émotion. Lorsque je suis face à lui, je me sens légitime. J'ai un prénom qui a une origine, une raison d'être. J'ai une identité. Alors de plus en plus souvent, je m'attarde à son bureau pendant la récréation pour préciser une déclinaison, connaître de nouveaux mots. J'aime bien apprendre. J'ai le réflexe de la bonne élève pour me faire aimer. J'ingurgite puis je restitue. Comme dans une partie de tennis, j'accuse réception de la balle et je la renvoie. Je suis joueuse. Et j'ai envie qu'on me remarque.

Je m'appelle Inge.

Je me sens tellement proche de lui que le jour où ma grand-tante meurt, écrasée par une voiture en sortant de chez elle, je galope dans la salle des profs pour le lui raconter. Je ne sais pas pourquoi je fais ça. Je n'ai pas cours avec lui avant la semaine prochaine et il n'est pas mon prof principal. Mais j'ai besoin de lui confier mon histoire. Plantée à la porte de la salle interdite aux élèves, debout devant ses collègues qui ne font pas attention à moi, je lui crie que je serai absente l'après-midi, parce que je vais à un enterrement. J'ajoute que ma mère est rentrée hier de l'hôpital après une fausse couche et que ma chienne est morte le matin. Carton plein.

Ce qui est curieux, c'est que j'annonce cette suite de drames absurdes en parlant fort. Comme si j'étais fière de ces événements qui me distinguent, je les claironne. Je les jette en paillettes, en cadeau, en sacrifice. Je ne me rappelle pas être triste du décès de ma grand-tante ni de la fausse couche de ma mère, pourtant. J'ai seulement l'image du corps sans vie de ma chienne qui se dessine dans la pénombre. Sa masse sombre et musclée, poil ras, pelage bringé de boxer, découverte sur le carrelage froid de la cuisine, alors que je descendais de ma chambre pour me préparer mon petit déjeuner. Ma chienne, c'était ma grand-mère. Je la voyais comme une vieille dame qui prenait soin de moi. Mais même mon chagrin face à sa perte, je ne le retrouve pas dans ma mémoire. Je suis un bloc de terre sèche et compacte. Je suis une poitrine creuse.

À quelques mètres de moi, assis à la table où il est sans doute en train de corriger des copies, M. Chesnais reste sans voix. Il a l'air mal à l'aise. Oui, son visage est mal à l'aise. C'est net. Il hésite. Glisse un œil vers ses collègues. Baisse la tête. Attrape une feuille et l'annote. Attend quelques secondes, avant de reposer ses yeux sur moi comme s'il espérait que je ne serais plus là.

Mon prof d'allemand ne me répond pas et le sol se dérobe sous mes pieds. Ma voix se cogne à un mur. J'ai honte. Dans le couloir, des élèves me bousculent et mes joues s'enflamment. Un brasier me colore la peau. Pas rouge, mais blanc. C'est cette couleur qui m'apparaît lorsque j'essaie de me remémorer la scène. Une fumée crayeuse qui me repeint la figure. Une brume ridicule. Qu'est-ce qui m'a pris de déposer mes chagrins aux pieds de ce prof qui s'en fout ? Le partage de peines est toujours une tentative de rapprochement. Qu'est-ce qui m'a pris d'offrir ma confiance à un inconnu ? Je ne sais pas. Je ne me rappelle pas la suite.

Je m'appelle Inge et je suis la fille à qui cet homme a donné un prénom.

46

Nos dix rencontres n'ont pas abouti.

Pourquoi est-ce qu'on ne s'est plus jamais reparlé ? Qu'est-ce que ça dit de moi que je ne veux pas comprendre ?

Dans le silence de mon appartement, je regarde par la fenêtre. Des traînées d'avion quadrillent le ciel. Je regarde ma bibliothèque. Des romans s'y serrent comme dans un cercle de parole. Est-ce que leurs auteurs savent ce qui unit un père à sa fille devenue adulte ? En ce qui nous concerne, la réponse est claire. Rien. On n'a pas réussi à s'aimer. On a essayé, on a échoué.

Le constat est là.

J'imagine que c'est comme une histoire d'amitié, comme une histoire d'amour. Mais lequel de nous deux n'a pas été conquis ? Est-ce que les hommes ont le droit de tourner le dos à leur enfant ? Et que faire maintenant ? Suis-je capable de vieillir sans toi ? Est-ce qu'il y a un âge où il est moins douloureux de ne pas avoir de père ? Est-ce que la plaie se referme lorsqu'on a un amoureux dans sa vie, même si on n'habite pas avec lui ?

Je sens que quelque chose m'échappe. Dans ma poitrine, mon cœur me donne de petits coups irréguliers. Cogne, cogne, le marteau. Je ne peux pas en rester là. C'est un malaise. C'est une sensation aiguë et douloureuse. C'est un angle mort.

Je sens qu'il faut que j'interroge les autres fois. Les bilans s'affichent aussi en nombres négatifs et nos éloignements disent autant que nos rapprochements. Il faut que j'interroge les années qui ont suivi notre rupture, les années qui m'ont emmenée sur le chemin de ton voisin et dans le cabinet du psy. Les femmes trouvent leur place avec les hommes quand elles trouvent leur place avec leur père. Si je veux réussir ma relation avec Pierre, je dois continuer de chercher.

47

J'ai lu l'étymologie du prénom Patrice en rentrant chez moi.

Le psy émet un borborygme que je prends pour un encouragement.

Patrice vient du latin *patricius* qui signifie patricien, lui-même dérivé du mot *pater*.

Dans son fauteuil, le psy semble s'étirer. Ses chaussures raclent le plancher.

Dans la Rome antique, les patriciens étaient les chefs des premières familles présentes au moment de la fondation de la ville et les hommes choisis par Romulus pour former le Sénat après la chute de la royauté. Avec le temps, ils sont devenus des *pater familias*, patriarches régnant en maîtres absolus sur leur famille, mais aussi sur tous les membres de leur clan, des femmes aux serviteurs en passant par les enfants, légitimes ou non. Ils avaient l'argent. Ils avaient le pouvoir. Ils avaient le phallus. Les patriciens ont engendré le patriarcat. Les patriciens ont engendré des pères et des Patrice.

Le psy confirme, amusé. La structure de son fauteuil craque et un assentiment joyeux sort de sa bouche. Mais sa joie m'agace. Pourquoi je n'ai jamais fait le rapprochement entre ton prénom et le mot *père*, je ne me l'explique pas.

Le psy ne répond rien et je me demande alors à voix haute si une part de moi n'aimerait pas ça, ce système qui donne des pères aux filles comme moi, des Patrice aux bâtardes. Toujours aucune réaction. Est-ce que ça voudrait dire que, quoique je prétende, j'éprouve du plaisir à être cette femme soumise au regard, au rythme et au désir d'un homme ? Ne suis-je qu'une petite chose dominée qui rêve faussement d'égalité ?

Je me ratatine aussitôt sur le divan. Est-ce moi qui ai prononcé ces mots-là ?

Mais le psy se redresse. Je l'entends changer de positions dans mon dos. Vous aimez vous sentir victime ?

Qu'est-ce que j'ai dit ? Mon cerveau s'affole. J'essaie de préciser mon sentiment.

Je crois que je redoute parfois de montrer mon indépendance et ma capacité à me débrouiller seule. Mettre en avant ma faiblesse, c'est tendre une main pour me rapprocher des autres, engager la conversation, créer un lien. C'est rassurer, ne pas faire peur, ne pas susciter de jalousies, ne pas prendre un pouvoir qui m'indiffère à ceux qui ne peuvent s'en passer.

C'est faire semblant, encore.

Le psy me répond qu'on se sent victime quand on ne s'écoute pas. Quand on ne parvient pas à dire son désir. On y revient. Pour lui, tout part de là. Ça se produit quand on ne sait pas dire non. Quand on culpabilise l'autre en prétendant que c'est sa faute si on ne fait pas ce qu'on veut. C'est parce que je ne cède pas à mon désir et que je le refoule que je me sens victime.

Ce n'est pas mon père mais moi, le bourreau.

48

J'ai dix-sept ans et j'apprends mon désir.

Je suis nue avec un garçon dans la chambre de ma mère et de mon beau-père. Ils sont partis en week-end et m'ont laissé la maison. Je suis nue et allongée sur leur lit. C'est la meilleure position pour apprendre le désir. C'est ainsi que je passe tout mon temps libre ou presque depuis un an.

Je découvre l'amour et le dialogue des chairs avec Christophe et je n'en reviens pas. Ça a lieu parfois chez sa sœur qui nous prête son appartement pendant qu'elle travaille, parfois chez ma mère et mon beau-père. C'est simple, le bonheur à cet âge. Christophe a vingt ans, des cheveux longs et fous, une passion pour la musique et la vitesse. Il travaille comme disc-jockey dans la boîte de nuit où j'ai atterri par hasard après un anniversaire. Ça a suffi pour me plaire.

L'image est floue, mais je pense qu'il fait jour. On doit être un dimanche matin. Et il fait chaud, car je distingue les draps beiges froissés tombés du matelas sur la moquette verte, des vêtements d'été entassés sur des portants au fond de la pièce, la fenêtre de toit ouverte sur un rectangle de ciel blanc. On dirait une page vierge. Près de moi, Christophe se réveille et une joie crue me traverse, alors que je garde les yeux fermés. À moi aussi, un homme a fini par dire je t'aime.

Ça n'a pas été facile. Au collège puis au lycée, je me suis longtemps entichée de fantômes, accrochée à de beaux visages qui ne me regardaient pas. Je pensais que c'était ça, un garçon. Quelqu'un qui ne regarde pas. Quelqu'un qui part. Quelqu'un qui ne dit pas pourquoi. Quelqu'un qui ne dit rien. Mais Christophe est là. Il a arrêté ses études en troisième, fume comme un acteur de cinéma, boit du whisky sans Coca, et vit la nuit. Je suis en première scientifique, je déteste les alcools forts et me couche à vingt et une heures. À ses yeux, je suis un cerveau. Aux miens, il est un corps et un interdit.

Je me rappelle sa longue carcasse maigre et pâle qui se déploie comme un chat, son visage en lame de couteau qui me sourit, ses bras glabres qui m'attirent à lui. Ses lèvres encore chaudes de sommeil m'embrassent et des effluves de sueur mêlée à de la cannelle me chatouillent. Il sent le tabac, l'ambre et le cuir, *Égoïste* de Chanel. L'odeur épicée a franchi les murs du temps et me fait toujours tourner la tête. Dans mon souvenir, il s'en asperge matin et soir. Ça me donne parfois l'impression de coucher avec un flacon de parfum, mais ça intensifie l'expérience.

Pendant qu'il émerge, je niche mon nez dans son cou. Je n'ai pas appris la finesse de la peau à cet endroit quand j'étais enfant. Je n'ai pas appris le grain et la pomme d'Adam, la délicatesse et la force, mais je devine l'intimité qui se fonde dans ce geste. Le cou des hommes enivre les filles à tous les âges. Alors je me rattrape. Alors je me colle. Alors je m'abandonne.

Jusqu'à ce qu'il pivote vers moi.

La scène reste tamisée, mais je sens ses lèvres qui cherchent les miennes, pendant que je m'éveille dans le chaud de sa clavicule. Ça m'est arrivé tant de fois depuis. Je sens ses lèvres qui relèvent ma tête et m'embrassent. Une fois. Dix fois. Somnolente, je lui retourne des baisers légers, puis m'écarte. J'ai besoin de m'étirer. Revenir lentement à la surface de moi-même. Je viens d'ouvrir les yeux et je n'ai pas envie de faire l'amour. Mais ses mains entourent bientôt ma nuque et son front s'écrase contre le mien. Son souffle m'enveloppe. Sa langue me caresse. Ses doigts se mettent à galoper sur mon ventre, sur mes seins, sur mes hanches comme de petites araignées affamées. Pourtant, mes paumes à moi reposent toujours sur le matelas. Ma bouche n'a pas dansé avec la sienne. Elle n'a pas répondu à l'invitation. Elle est restée sagement assise, molle et calme, sur le rebord de mon visage.

Après ça, le film se perd dans ma mémoire. Je crois qu'il y a une sorte de jeu. On appelle ça les mains baladeuses. Sauf qu'il n'y a que lui qui joue. Lui comme d'autres. Et moi qui regarde. Mes jambes se croisent pour soustraire discrètement mon sexe. Mes bras se posent en bouclier sur mon nombril. Mon buste s'éloigne de quelques centimètres. Je me mets à rire et à parler.

Je ne me rappelle pas mon bavardage ce jour-là, mais j'imagine que j'essaie de nous projeter ailleurs que dans cette chambre et dans ce lit. Peut-être que j'évoque un film. Peut-être que j'imagine ce que l'on va cuisiner pour le déjeuner. Mais Christophe n'écoute pas mes paroles, il les avale de la pointe de sa langue. Il les emporte sur ses pouces qui se promènent sur ma peau comme s'il me faisait un cadeau. Et je finis par céder.

Je me tais.

J'écarte les cuisses.

Je m'efforce de gémir.

Je l'aime.

Il ne s'est aperçu de rien.

49

« À force d'attendre, je serai à Paris ce week-end. » Les lettres noires se détachent comme une colonie de fourmis sur l'écran de mon ordinateur. « À force d'attendre ». Qui attend ? « Je serai à Paris ce week-end ». Qui a attendu ? Je lis le nom de l'expéditeur. Patrice.

J'éteins l'appareil.

De l'eau a coulé depuis notre dernière rencontre dans le Pacifique. Ça fait huit ans que je n'ai plus entendu parler de toi. J'ai fait avec. J'ai fait sans. J'ai fait comme si je n'avais pas de peine. Arrive un moment où les filles sans père n'ont plus l'âge de pleurer. Mais je viens de publier mon premier roman intitulé *Attendre* et ça ne t'a pas échappé. Tu joues avec le mot en reprenant contact avec moi ce jour-là.

Accoudée à mon bureau en Formica rouge, je frissonne en rabattant l'écran de mon ordinateur après avoir découvert ton prénom. J'ai chaud. J'ai froid. Comment as-tu eu mes coordonnées ?

Les fourmis ont disparu et une suite d'insectes volants, sauterelles coccinelles libellules, s'invitent maintenant dans la pièce comme à l'arrivée du printemps. Est-ce que tu vis toujours sur ton île ? L'air bruisse. Ma tête se gonfle de mots mêlés d'espoir. Des images les accompagnent. Je t'imagine te présenter maladroitement à ma porte. La sonnette fonctionne mal et tu tapes trois coups du dos de ton index replié. Tu visites chaque pièce de mon appartement. Tu bois un verre de jus d'orange en me demandant de te raconter chaque meuble, chaque objet, chaque livre, ma vie dans ses minuscules. Et puis je ne t'imagine plus. Je reviens à ton message. Je reviens au choc. Je reviens au séisme. Qu'est-ce que tu attends de moi ? Je reviens à ce constat. Il est trop tard pour que tu me reconnaisses.

Je suis tombée sur l'article de loi en faisant des recherches peu de temps auparavant. « L'action en rétablissement de la présomption de paternité est prévue par l'article 329 du Code civil. Elle est ouverte à l'enfant pendant les dix années qui suivent sa majorité. » La dernière fois que je t'ai vu, j'avais vingt-sept ans et demi, et j'aurais pu t'obliger à réparer le passé, sauter à pieds joints dans le trou et le remplir de lumière. Mais je ne l'ai pas fait.

Alors, cette question. Qu'est-ce que tu attends de moi aujourd'hui ? Et qu'est-ce que je pourrais bien encore attendre de toi ? Au centre de notre histoire, le verbe « attendre » reste bien choisi.

J'essaie de rassembler mes souvenirs, mais ils barbotent dans une mare au fond de la forêt. Plus je les convoque et plus ils s'enfoncent dans l'eau. Je me rappelle quand même mon corps qui se dissout en ombres claires sous les poutres de mon bureau après avoir lu ton prénom.

Ma gorge qui se serre et s'assèche pendant que je scrute mon ordinateur fermé comme si c'était ton visage. Je me vois téléphoner à une amie et lui laisser un message incrédule sur son répondeur. Avec les années, je crois que je me suis raconté que tout ça ne s'était pas produit. Je me suis convaincue que nos dix rendez-vous manqués n'étaient qu'une source d'inspiration, de la matière à roman.

Mais la réalité me rattrape. Ton mail est un poing qui se déplie doucement. Ton mail est un ballon rouge gonflé d'hélium. Faut-il que je te réponde ? Et la panique. Et l'envie. Et la peur. Exactement. La peur. Parce que c'est ce sentiment qui finit par tout emporter ce jour-là. Balayées, les sauterelles et les coccinelles et les libellules. Je redoute de rouvrir la boîte de Pandore.

Dans la mythologie, Pandore est la première femme, créée avec de l'argile et de l'eau par Zeus pour se venger des hommes et notamment du titan Prométhée qui lui a volé le feu. La déesse Athéna lui accorde la vie et ses copines la dotent de qualités et de défauts. C'est donc une humaine et son nom veut dire « celle qui donne tout ». Ni vu ni connu, Zeus offre alors sa main au frère de Prométhée, en confiant à Pandore une boîte qu'elle ne doit ouvrir sous aucun prétexte. Bien sûr, la jeune femme ne peut refréner sa curiosité. Et déverse aussitôt dans le monde les maux de l'humanité. L'Orgueil. La Trahison. Et même l'Espoir, considéré par certains comme une attente trompeuse. La chute de l'histoire se loge dans ma tête et je m'en imprègne. Ne plus t'espérer. Je suis une fille orgueilleuse.

La mare s'illumine par intermittence. Des images troublent l'eau. Le soir même, ou le lendemain, ou la semaine suivante, je me résous à te répondre. Le problème, c'est que la surface reste opaque et que je ne sais plus vraiment ce que je te dis. Je me tiens trop près du trou. Il me semble que je t'écris que j'ai traversé la planète du nord au sud pour que tu me reconnaisses, cinq continents, dix mille kilomètres, et que ça n'a servi à rien. Mais je n'en suis pas sûre. Mes dents se serrent dans ma bouche lorsque je pense à mon séjour dans le Pacifique. Ça fait un grincement jusque dans ma poitrine, jusque dans ma colonne vertébrale qui menace de se morceler. Mon corps exprime ce que mon cœur n'assume pas. Je ne t'ai pas pardonné. Et je refuse de te voir ce jour-là.

Et tu me prends aux mots.

Et tu repars aux oubliettes.

Et je tiens les comptes en négatif désormais.

C'est notre première rencontre inférieure à zéro. J'ignore encore jusqu'où elle va nous mener.

50

Je vais devenir folle.

C'est ce que j'annonce au psy en m'allongeant sur son divan.

Je n'ai même pas fini de jeter mes jambes sur le coussin que je lui avoue qu'on s'est disputés avec Pierre et qu'il ne répond plus ni à mes appels ni à mes messages depuis trois semaines. Replié dans sa tour de colère, il a rompu le dialogue, le lien, sans nous donner la possibilité de nous expliquer. Je sais que je dois apprivoiser le silence, mais là, ça m'est impossible. Parce que le silence crée la frustration. Le silence génère le manque. Le silence empêche de réfléchir en connaissance de l'autre. C'est un braquage. Oui, parfaitement. Une prise d'otage. C'est inégalitaire et cruel. Comment Pierre peut-il se comporter ainsi ?

Le psy me demande doucement ce qui s'est passé et je lui réponds qu'il ne s'est rien passé. Enfin, rien de grave selon moi. Juste une dispute sur son envie d'indépendance et mon besoin de sécurité qui a enflammé nos mots, mais n'aurait pas dû incendier notre couple puisqu'on s'aime. Juste un rythme dans deux appartements, deux projets de vie, à trouver.

Le psy tousse et je me dis qu'il se moque de moi. Parce qu'on s'aime. Ça ressemble à une parole d'enfant. Je m'enfonce dans le cuir et décide de me taire. Mais après quelques secondes, il me relance à voix basse. À quoi cela vous fait-il penser ? Pouvez-vous y associer un événement ou une image ?

J'hésite, puis me moque de lui à mon tour. Pas la peine de me faire un dessin. Ça me fait penser à toi, évidemment. Et alors ?

Le psy tousse encore, une quinte de toux qui s'allonge. Je l'entends avaler une gorgée d'eau. Il a dû poser un verre ou une bouteille près de lui avant notre séance, peut-être du thé avec du miel, même si je n'en sens pas l'odeur. Il déglutit, puis me rappelle que je dois accepter la cassure créatrice. Il n'ajoute rien et ça m'énerve. J'en ai assez de son silence à lui aussi.

Je tente de me calmer et lui explique que je ne comprends pas le silence. Je ne comprends pas qu'on retienne ses mots, l'expression de ses émotions, et qu'on vante les bouches lisses. Certains les qualifient même de bien élevées. Les lèvres muettes mentent et on les applaudit. On loue leur pudeur. On apprécie leur réserve. Mais moi, j'appelle ça de la lâcheté. Les gens vont mal et les silencieux regardent ailleurs. Ils évitent de s'exposer. Ils se planquent. Je refuse d'être comme eux. Je n'aime pas les airs de rien, les langues de bois, les feux de paille, les écrans de fumée, les nuages sans nom qui planent comme une menace. Je n'aime pas les hommes et les femmes qui dissimulent, les hommes et les femmes qui ne prennent pas le risque du dire et de l'être. J'aime la fragilité qui s'offre et s'assume, les déraillements qui s'avouent et se regardent et se dépassent, l'élan des mots qui se croisent, même s'ils ne se trouvent pas tout de suite et pas toujours. Parce que c'est ça, les rapports humains. Ça n'est que ça. Pas votre foutu silence.

Le psy se lève.

Mon foutu silence ? On va s'arrêter là.

51

J'ai treize ans et je découvre la douceur du silence.

Je suis dans la cour du collège et je marche lentement avec un garçon que j'aime bien. Il s'appelle Julien. Je le reconnais qui se faufile dans ma mémoire. Avec ses cheveux noirs et longs ébouriffés sur son crâne, son jean large ceinturé de clous et de chaînes, ses deux ans de plus que moi et sa voix rauque de révolté, il m'impressionne.

Ensemble, on a pris l'habitude de longer l'établissement dans un sens puis dans l'autre sans se parler. À peine quelques mots en diagonale quand notre mutisme nous engourdit. C'est une grande gueule en blouson noir autour de qui on s'attroupe et je suis flattée qu'il abandonne ses copains punks pour me tenir compagnie. J'y projette quelque chose de différent. J'y projette quelque chose d'amoureux. Ce n'est pas le premier cœur qui fait battre le mien, mais c'est le premier dans la bande des garçons en colère et comme beaucoup de jeunes filles sages, je trouve ça excitant.

Ce jour-là, on est en train de faire demi-tour devant le mur du gymnase et je savoure la faible distance de nos corps. La sensation revient dans ma poitrine. Je me rappelle la tension entre nous. Comme si on était reliés par des fils, nos jambes se répondent. Nos hanches s'écoutent. Nos pas pivotent en même temps. Je me souviens que mes Dr. Martens toutes neuves rebondissent sur le goudron comme sur un tapis. Je me sens légère. À ma place près de lui. Et je souris. Je souris sans le regarder, mais je souris quand même. En coin pour qu'il sache que le dessin de ma bouche lui est destiné. Et en silence. Dans ce silence ouaté qui nous enveloppe comme une chanson.

Mais un ballon frappe soudain Julien au menton et la chanson s'arrête. Le vacarme de la cour revient.

En cherchant des yeux le responsable, Julien se frotte le visage avec sa main baguée et je remarque que son regard a changé de couleur. Il est transparent. Il est vide. Espèce de bâtard. Il prend le garçon par le col de son pull. Tu n'es qu'une petite merde. Et il se met à le secouer. J'essaie de l'arrêter, laisse tomber, il n'a pas fait exprès, mais Julien m'écarte. Il repousse mon épaule de son poing. Qu'est-ce que tu en sais, toi ? Tu es de son côté ? Sans que je comprenne très bien pourquoi, il est ivre de rage. Le grain de sa voix s'éparpille en petites gouttes de salive et il se répète en me regardant.

Espèce de bâtard.

Je ne suis pas sûre qu'il n'y mette pas un pluriel.

Le tapis disparaît sous mes pieds et je me retrouve seule dans la forêt avec cette expression qui me fouette le visage. Je n'ai aucune idée de la suite des événements. Encore aujourd'hui j'en perçois seulement l'écho qui me pousse dans un taillis humide et puant. Je crois que je m'en échappe en serrant les dents. Que je me dirige vers la cantine. Que je galope aux toilettes. Ou peut-être que je suis sauvée par la sonnerie et que je regagne juste ma classe en baissant la tête.

Ça fait longtemps que j'entends voler l'insulte ici ou là, sans jamais oser l'affronter. Mais ce soir-là, je me résous à lire la définition en rentrant. Je me revois assise dans ma chambre, devant mon vieux bureau blanc, penchée sur le dictionnaire jauni de ma mère. Issu du latin *bastardus*, le mot vient de « bâtir ». Je découvre qu'il n'était pas péjoratif au départ. Il était employé au Moyen Âge pour désigner un enfant adultérin, né hors des normes sociales, hors du mariage catholique, hors de la famille officielle. Ça ne l'empêchait pas de rester lié à son père, et d'être habilité à vivre avec lui et à défendre son domaine. Ça ne l'empêchait même pas d'accéder au trône comme l'a fait Guillaume le Conquérant.

Cette lecture applique un peu de baume sur ma peau, là où Julien a bleui mon épaule. Mais en poursuivant, j'apprends que le mot « bâtard » est quand même devenu une injure à partir de la Révolution française, et ça gâche tout. Dans les milieux populaires comme dans les milieux bourgeois, c'est même devenu la pire injure qui soit avec « ta mère la pute ! ». Ça dit la même chose. Ça dit que personne ne veut être un enfant qui n'a pas été reconnu par l'un de ses parents. Ça le traite d'illégitime et d'impur. Ça le traite de chien. Il y a beaucoup de bâtards, fruits d'un croisement qui échappe à la lignée portée par la race, chez les chiens. Aucun autre animal n'est appelé ainsi à ma connaissance. Il n'y a pas de chaton bâtard dans le langage courant. Il n'y a pas de poussin bâtard. Seulement des chiots.

Et des enfants comme moi qui ont parfois envie de mordre.

52

Ton souvenir s'éteint.

Ça fait quatre ans que j'ai choisi de ne pas céder à ton mail, quatre ans que j'attends que tu insistes et fasses aujourd'hui ce que tu n'as pas fait hier, et le manque de toi s'effiloche. Il n'est plus qu'un vieux fil de laine rangé dans un tiroir. Il se désagrège lorsque je l'attrape entre mes doigts et je ne le sors presque plus. Bientôt, il redeviendra poussière. Je suis une adulte. Je suis la mère d'un adolescent. Je n'ai plus l'âge d'espérer un père.

Comme la dernière fois, je suis assise à mon bureau en Formica rouge sous les toits de Paris. Comme la dernière fois, j'ai le nez collé à l'écran de mon ordinateur. Comme la dernière fois, j'écris ou je travaille sur des photos. Mais voilà que ton nom de famille apparaît à nouveau dans ma messagerie ce matin-là et que le tiroir se rouvre d'un coup. Sauf que c'est un tiroir tout neuf. C'est un tiroir plein de promesses. Car il n'y a pas écrit Patrice avant ton nom de famille, mais Manon. C'est le prénom de ta fille. Je crois même me souvenir qu'il est suivi d'un deuxième nom, même si je ne le jurerais pas. Certains prénoms ont de la chance.

Ce qui est sûr, c'est que Manon me propose qu'on se voie. Je ne sais pas où elle habite, je ne sais pas quel âge elle a, peut-être une vingtaine d'années, mais un morceau de ciel s'infiltre en moi à la lecture de son mail. C'est inattendu. C'est pur et lumineux. La possibilité d'une sœur. La joie d'un lien de chair et de sang. L'idée m'émeut. Plus encore. Elle me bouleverse.

Ses joues de fillette qui n'a pas grandi traversent le temps et je me demande si elle a pensé à moi pendant toutes ces années. Est-ce que je lui ai manqué ? On peut manquer de ce qu'on ne connaît pas. Je projette son enfance. Je l'imagine sage et discrète. Est-ce que ça a compté pour elle d'avoir une grande sœur quelque part ? Est-ce que ça l'a interrogée blessée déstabilisée ? Est-ce qu'elle m'en veut ?

Des images débordent de la commode. Je me vois la rencontrer à la terrasse d'un café, faire les boutiques avec elle, l'emmener déjeuner entre filles, l'écouter me raconter ses joies et ses doutes. Et puis soudain, tout s'assombrit. Je ne sais pas à quel moment précis le tiroir se referme, sur quelle pensée il me coince les doigts. Est-ce avant ou après t'avoir soupçonné de lui avoir soufflé cette démarche ? Est-ce avant ou après l'avoir imaginée te rapporter nos conversations ?

Je suis toujours assise à mon bureau, mais il a changé de couleur. Je ne savais pas que les couleurs pouvaient devenir matière. Ce n'est plus du Formica rouge mais du sang. Ce n'est plus lisse mais visqueux. La flaque se répand autour de mes mains posées sur le clavier. Je me souviens des troncs qui s'abattent les uns après les autres dans ma tête. On dirait une allée d'arbres décimée par une tempête. Je me souviens de ma joie qui s'éloigne, de ma rancune qui hésite. Et du message que je ne tarde pas à rédiger.

J'écris « oui ». Ma joie est la plus forte. « Oui », mais à condition qu'elle ne t'en informe pas. Ma rancune ne cède pas.

Je me rappelle que je m'empêche d'employer le mot « père ». Je m'y prends à plusieurs fois pour rédiger ma phrase, n'user que de ton prénom. Pourtant, c'est toi qui nous relies. Mais je ne veux pas te remettre au centre de l'histoire sans que tu exprimes ni pardon ni désir de revenir vers moi. Et j'appuie sur la touche envoi.

Et elle ne répond pas.

Et je referme le tiroir.

Et j'inscris le nombre –2 dans ma mémoire. C'est un nombre froid. C'est un nombre sans lumière. C'est un autre moment au-dessous de la surface. Est-ce qu'il faut plonger ou remonter quand on a peur de l'eau ?

53

Vous écrivez sur quoi ?

J'ai annoncé au psy que j'avais l'impression que quelque chose était en train d'advenir dans mon écriture et sa voix traverse l'armature du divan. Je me dépêche d'y répondre.

Je lui avoue que Pierre souhaite faire une pause dans notre relation. Il m'aime encore, mais à cinquante-six ans, il n'a plus la force de gérer des disputes et ne veut pas retomber dans un schéma fusionnel de couple. Il veut vivre sa vie et n'a pas besoin de partager chaque recoin de la mienne. Pour ne pas me laisser aspirer par ma tristesse, je me suis remise à écrire sur toi.

Sur le rideau beige, les chasseurs ne me sautent pas au visage et je poursuis prudemment. Parler de toi, c'est parler de moi. C'est me donner le droit d'exister et de ressentir. Mais j'ai élargi mon propos. J'écris aussi sur ce que ça fait d'être une fille sans père, sur les liens complexes que ça tisse aux hommes. Les gens n'imaginent pas le sac de nœuds.

Le psy remarque que tout est sexe, puis se tait. J'attends. Aucun de nous deux ne parle. Je le maudis. Il s'en amuse. Il aime les mots dits. Je m'énerve. Il trouve que je progresse.

Après un silence qu'il ne rompt pas, je lui explique que j'écris sur les Patrice et les patriciens. Mais je ne veux pas écrire un récit classique. Je veux écrire un texte intime. Un texte vital. Il n'y a que comme ça que l'écriture tient debout. Je veux donner voix au silence. Montrer le dessous des corps. Ne plus me cacher derrière un personnage qui aurait tout de moi sauf le prénom. Ne plus prétexter une aventure, convoquer une suite d'actions qui pousserait mon héroïne à réfléchir à sa relation avec son père, jusqu'au moment où présent et passé se rejoindraient en une grande scène d'éveil et de compréhension. Je refuse de ficeler mon histoire avec un événement déclencheur, une quête, des rebondissements, de beaux moments, un parcours vertueux ou tragique, comme je le fais lorsque je travaille à un scénario.

Plus question d'inventer.

Ce que je cherche, c'est écrire au plus près du réel et du vivant. Construire un roman comme un puzzle. Sans forcément ordonner les phrases entre elles. Juste les éparpiller. Juste les poser devant moi, avec de l'air autour. Et les regarder respirer. Parce qu'un texte qui ne respire pas est un enfant mort-né. C'est un fantôme. C'est une poupée. Je ne veux plus coller des chapitres entre eux sans que mon cœur batte et que mon sang coule. C'est difficile de se regarder en face. Être une fille sans père, c'est être jolie pour être visible. C'est être intelligente pour être audible. C'est être drôle pour être entourée. C'est toxique. Je ne veux plus être cette fille-là. Je ne veux plus chercher la preuve de mon existence dans l'œil des autres. Je ne veux plus répondre aux attentes des journalistes et des éditeurs. Je ne veux plus céder aux modes et aux arrangements. Je ne veux plus rien arranger.

Le psy m'interrompt.

Vous ne voulez plus rien arranger ? On va s'arrêter là.

54

J'ai trente-huit ans et j'arrange mes cheveux en m'asseyant.

Je viens de prendre place dans le fauteuil en cuir d'un grand hôtel parisien où un avocat médiatique m'a donné rendez-vous après que je l'ai photographié. L'homme a du pouvoir. Il pense, il plaide. L'homme a presque soixante-dix ans et de l'intelligence. Il m'intéresse. Rien de sexuel. L'homme est marié et a quatre enfants, dont la moitié plus âgée que moi. Sa culture et son influence m'attirent. L'homme est aussi le fils d'une figure féministe. Sa relation à sa mère m'interroge. À sa demande, je lui ai envoyé des portraits après notre séance et il y a répondu en m'invitant à boire une tasse de thé.

Je me souviens de mes mains moites, alors que je guette son arrivée dans le salon plaqué de bois et de dorures du grand hôtel. Au-dessus de ma tête, les pampilles des lustres éclairent mon plaisir maladroit. C'est bien moi qui lisse ma chemise blanche sous mon blaser bleu marine, une mèche derrière mon oreille. Installée à une table ronde au milieu de la salle, j'observe le ballet des habitués, le luxe, l'argent, les bonnes manières. Je m'applique à parler distinctement aux serveurs qui viennent m'aborder. Je me rappelle aussi que j'ai lu *Le Monde* et *Libération* avant de venir. Je ne veux pas être prise de court.

L'homme finit par arriver et engage tranquillement la discussion. Je l'écoute me raconter son icône de mère, son frère jumeau ou pas loin, ses combats. Il me questionne sur mes photos et sur mes livres. C'est fluide. C'est piquant. Je prends ma place face à lui et quelque chose s'apaise en moi. Les pampilles scintillent toujours. Le rendez-vous s'étire. Et se termine. Et se reproduit.

On déjeune bientôt ensemble une fois par mois. Et puis on dîne. On déjeune ou on dîne. Ça se fait quand on devient amis. Nos rendez-vous se banalisent. Il se réjouit de mes succès, s'attriste de mes échecs, et je me plais à découvrir les petits secrets du grand monde. Nous sommes en train de devenir intimes.

Et il a l'œil bleu comme le tien.

Mais quelques mois plus tard, alors qu'il me raccompagne en voiture chez moi après un dîner au restaurant, l'homme me prend soudain par l'épaule. Je crois me souvenir qu'on s'est arrêtés à un feu rouge, même si l'image me parvient voilée. La rue est calme, mais il me semble que ça se met à crier dans ma tête. Ça bredouille. Ça implore le silence. L'homme m'annonce pudiquement qu'il est amoureux de moi.

Enfin, je ne sais pas si « pudiquement » est le bon mot. Un rideau de feuilles brunes tombe lorsque j'essaie de m'en souvenir. Sa voiture se remplit de nuit.

Je ne vois plus rien, mais une alarme clignote rouge sang dans ma poitrine. Je m'entends me moquer gentiment de lui. Je lui rappelle qu'il a l'âge d'être mon père, presque trente ans de plus que moi. Ça me paraît être un argument implacable, le bouton sur lequel appuyer pour revenir à la normale, rire ensemble et changer de sujet. Je lui précise que je ne lui en veux pas. C'est de bonne guerre. On a tous le droit de tenter sa chance à la roue de la séduction. Je ne vais pas me froisser pour si peu.

Sauf que l'homme insiste. Et simplifie. Et embellit. Il plaide sa cause.

Il comprend très bien que je ne sois pas attirée par un vieux corps comme le sien, mais il aimerait me regarder nue. C'est sa requête. Passer la nuit dans un bel hôtel à côté de moi sans me toucher. Le souvenir d'un film sublime de Catherine Breillat me traverse, mais l'éblouissement ne dure pas. Il est remplacé par une nausée.

Encore aujourd'hui, je ressens le flux acide dans mon estomac qui remonte lentement dans ma gorge. Et encore aujourd'hui, j'ai honte. Parce que j'ai menti. Oui. Sans que personne m'y oblige, j'ai menti. J'ai caché mon malaise sous des mots qui font semblant. Mais la vérité, c'est que je lui en veux et que j'ai envie de vomir. Je trouve insupportable qu'un type s'autorise à draguer une femme qui a trente ans de moins que lui. C'est un abus d'expérience, de pouvoir, de liberté, de savoir. C'est une inégalité consciente et assumée. C'est un acte de domination.

Le problème, c'est que l'homme ne semble ni m'entendre ni me voir ce jour-là. Non. Ce n'est pas ça, le problème. Il faut que je sois honnête. Le problème, c'est que c'est moi qui ne m'entends ni ne me vois. Je le réalise en écrivant. Parce que l'homme continue de m'inviter les semaines suivantes et que je continue d'accepter. Je continue de monter dans son Audi dernier cri et de dîner avec lui. En toute amitié, il affirme. En toute amitié, je réponds. Et pendant des mois, j'oublie ma main qui résiste un peu lorsqu'il la saisit pour la porter élégamment à ses lèvres. Pendant des mois, j'oublie mon genou qui grince légèrement lorsqu'il le frôle en m'accueillant dans sa voiture.

Pendant des mois, je ne vois que le bleu de son regard.

55

Tu n'es pas réapparu. Derrière le message de ta deuxième fille, tu t'es évanoui. Jusqu'à ce que ton voisin s'approche de moi à Toulon et que ton prénom revienne voler à mes oreilles.

Patrice.

Debout dans l'allée, l'homme a dit Patrice.

Depuis ma rencontre avec lui, le mot se pose parfois sur un mur ou sur une vitre dans la pénombre. Je sens qu'il voudrait muer, déployer ses ailes. À chaque fois, le cocon résiste. Je le scrute. On dirait un papillon de nuit. J'aimerais l'épingler à mon tableau de chasse, l'enfermer sous un cadre en verre et qu'on n'en parle plus, mais quelque chose me retient. Alors je repense à cette troisième occasion ratée en la transformant un peu.

Je revois ton voisin se présenter à moi au-dessus de la table encombrée de livres et puis je t'aperçois. Tu es seulement à quelques pas derrière lui. Tu l'as envoyé en éclaireur, puis tu as trouvé le courage de venir me sourire. C'est toi qui as repéré ma présence à cette manifestation et l'as notée d'une croix rouge sur ton agenda.

C'est toi qui l'as embarqué dans l'aventure pour partager la joie de nos retrouvailles et la rapporter multipliée par deux dans votre quartier.

Mais la fable s'efface vite.

Et ton silence continue de nous précipiter dans le vide.

Un mois et demi est passé depuis cet après-midi-là et on est le 25 décembre. Je suis assise avec mon fils sur un banc de pierre blanche dans le village de montagne où nous passons les fêtes. Autour de nous, le ciel est dégagé. On laisse nos pensées se diluer dans la vallée qui s'arrondit sous nos yeux. L'air tiède nous lèche le visage comme un petit chien fidèle et je me rappelle que je suis heureuse. Depuis quatre ans, mon fils gagne sa vie et des centimètres loin de mes bras et je partage peu de paysages avec lui. Alors j'en profite. Alors je savoure sa présence, le lien adulte noué à bonne distance, les verts et les marrons qui s'embrassent sous nos yeux réunis pour Noël.

Je suis en train de sourire au-dessus des champs, lorsqu'il m'annonce soudain qu'il a quelque chose à me dire. Mon sourire s'évanouit. Mon souffle se bloque, tandis que le sien se libère. J'entends sa respiration qui jaillit de sa bouche sans une parole. Le vent se lève. Une ombre m'avale. Je devine les nuages.

Devant moi, la vallée n'est plus qu'un cratère surplombé de cumulus gris et épais, lorsque mon fils m'apprend que tu as téléphoné à mon ex-mari. Tu souhaitais lui laisser tes coordonnées pour qu'il les transmette à ton petit-fils.

La température est toujours douce pour la saison, mais je tremble. Sous mes côtes, mon cœur se cabre. Je ne sais pas si je me mords les lèvres, mais je sais le goût métallique entre mes dents. Je sais le vertige au fond de moi. Je sais mes mains qui s'agitent dans la forêt pour crier à l'aide à l'injustice au voleur. Mon fils ajoute qu'il ignore ce qu'il va faire et je bascule. Je tombe dans le trou. Le monde se fige. Je ne l'habite plus.

Mais une voix vient à ma rescousse.

C'est une voix automatique. C'est une voix sans corps qui a lu des livres de psychologie. Elle affirme à mon fils qu'il est libre et qu'il doit faire comme il le sent. C'est son histoire et celle de son grand-père. La voix trébuche un peu sur le dernier mot, mais elle reste droite. Elle essaie de ne pas flancher. Puis elle s'éteint et la vallée reprend forme. Je crois qu'une rivière se remet à couler. Les champs reverdissent. Les oiseaux s'ébrouent. Mon fils me dit qu'il va rentrer voir sa grand-mère. La voix approuve.

Il disparaît et je reviens à moi. Je me suspends au vol d'une mésange ou d'un roitelet qui s'éloigne vers la cime d'un arbre. Je frissonne. Je suis un rossignol. Je suis un aigle. Tu es une inscription dans le paysage. Tu es le chiffre quatre avec un signe négatif devant.

56

Est-ce que vous pensez vraiment que je progresse ?

Dans le ventre froid du cabinet, je ne suis plus sûre de rien. Comment as-tu pu agir ainsi dans mon dos ? Et comment as-tu pu mêler mon ex-mari à notre histoire ? Je n'ai pas assez de mots pour répandre ma surprise et ma déception autour du divan.

Le psy ne répond rien et j'insiste dans ma tête.

Au cas où tu l'aurais oublié, c'est moi, ta fille. Pourquoi est-ce que tu ne t'adresses pas directement à moi ?

Je finis par me taire et défie le mur devant moi. Je m'imagine sortir des gants de boxe et le démolir. Au tapis, l'analyse. Mais le psy intervient. Il use de sa voix basse, celle qu'il convoque pour me prendre par la main.

Vous avez besoin d'être désirée ?

Oui. Où est le problème ? Pourquoi serait-ce encore à moi de faire le chemin ? J'ai l'impression de passer ma vie à ça, aller vers les autres, me donner aux autres, me faire bouffer par les autres.

Je rumine quelques secondes, puis lui avoue que j'ai rappelé Pierre pour le convaincre de discuter. Il a encore des sentiments et est prêt à échanger, mais j'ai l'impression diffuse de devoir me plier à ses envies et à ses besoins si je veux que notre relation se poursuive. Je ne sais plus ce que je ressens et me demande si j'ai raison de m'accrocher à lui.

Le fauteuil du psy craque et sa pensée sinue jusqu'à moi. Vous vous accrochez parce que vous avez été abandonnée et que vous êtes terrifiée à l'idée que les autres puissent penser que vous agissez de la même manière avec eux. Mais c'est un comportement masochiste et mortifère. Vous ne cherchez ni à plaire ni à séduire, ni même à vous respecter. Vous êtes passive. Il faut être active pour attirer les gens à soi. C'est une pulsion, un sadisme nécessaire qui permet de prendre temporairement le pouvoir sur celui qu'on a en face.

Je repense alors au Petit Poucet. C'est sa pulsion de vie qui lui fait échanger les bonnets de nuit. C'est sa pulsion de vie qui lui fait voler les bottes de sept lieues.

Le psy abonde. Il me répète qu'il ne faut pas se donner, mais se garder. Et pour ça, comme le Petit Poucet, il faut écouter son désir. Ne pas être dans l'ambivalence, mais dans l'affirmation. Pierre est dans son désir et si je veux que notre histoire reprenne, il faut que je le sois aussi.

Sa dernière phrase se perd dans mon cerveau. Il m'a déjà dit que le désir se rapportait au manque. Désirer, c'est lutter contre le manque. C'est s'accorder des besoins et une existence à soi. C'est s'affirmer.

L'ennui, c'est que ça ne m'est pas naturel.

Je lui raconte alors mon sentiment de transparence lorsque je me retrouve avec des gens que j'ai déjà rencontrés. Je ne peux pas m'empêcher de me présenter à eux comme si on ne s'était jamais vus. Comme s'ils ne m'avaient jamais vue. Comme si j'étais invisible. Je leur rappelle qui je suis et d'où je viens. Je suis la voisine d'en face. Je suis la fille de la piscine. Je suis l'écrivaine du recueil. Je suis la photographe du journal. Je suis. Je répète ces deux petits mots à l'infini comme si je doutais de mon existence. Mais je vais plus loin encore. Je suis la mère de Malo. Je suis la fille de Chantal. Je suis l'amie de Marie. Je suis la compagne de Pierre. Je m'unis à l'autre en créant une sorte d'appartenance. Si j'appartiens, c'est que je ne suis pas abandonnée.

J'ai l'impression d'avoir prononcé des mots importants et les laisse se disperser dans la pièce. Mais le psy les chasse d'un grognement. Il considère que je me complais dans cette position. Selon lui, je jouis de n'être liée à personne.

Je m'emporte. C'est n'importe quoi. Je lui reproche une analyse simpliste et ridicule.

Mais il s'en moque. Selon lui, je jouis de ne pas être reconnue par un homme. Je jouis de me retrouver seule dans la forêt. Comme les enfants, je jouis de ma peur de me faire dévorer.

Il faut que j'accepte d'être reconnue.

Il faut couper avec l'imaginaire.

57

J'ai quarante-cinq ans et je coupe la parole à ma mère.

Elle vient de m'annoncer au téléphone que mon beau-père allait mourir et je ne peux m'empêcher de l'interrompre en criant à l'impossible.

Elle me laisse me calmer, puis poursuit d'un ton douloureux. Au vu des radios, le médecin suspecte un cancer en phase terminale et Daniel doit rentrer le lendemain à l'hôpital pour être pris en charge.

Je me rappelle ma sidération. Oui, c'est le mot. Recroquevillée sur mon canapé en cuir, face à la nuit qui remplit d'encre la fenêtre, j'essaie pendant un instant de relier les phrases entre elles, mais elles se fracassent au sol. Dans la pénombre de mon appartement, elles se décomposent. Mon oncle n'est plus. Mon grand-père n'est plus. Les hommes qui m'entourent ne peuvent pas tous disparaître. Et puis mon beau-père est un homme solide. À presque soixante-dix ans, il parcourt encore en ski ou en peaux de phoque les sommets enneigés. Il ne peut pas mourir en quelques jours. Ma mère m'explique qu'ils sortent de chez le notaire, où ils se sont efforcés de mettre leurs affaires en ordre. L'hiver s'abat d'un coup dans le salon. C'est une avalanche. C'est une coulée de neige grise et sale. Je grelotte.

Des larmes glissent sur mes joues lorsque je raccroche. J'ignorais que ça pouvait glisser aussi doucement, des larmes. C'est incroyablement lent. Je les sens à peine, pendant que ma vie avec Daniel défile devant moi. Ce n'est pas vraiment ma vie. Il n'y a pas d'images. Juste des bulles d'émotions chaudes. Mon beau-père avec ma mère pendant toutes ces années. Les sensations explosent. Je crois que c'est ça qui me surprend le plus. Plus que sa mort imminente, c'est mon amour qui éclate ce jour-là. Je me découvre très attachée à lui. Je ne le savais pas.

Dès le lendemain, j'attrape mon téléphone. Mon beau-père est à l'hôpital et attend le résultat des biopsies. Il a le souffle las, un feu éteint dans la voix. Ma mère n'est pas encore arrivée et j'en profite. J'ouvre la porte de ma tendresse comme on ouvre un coffre-fort. Je tâtonne. Je sonde. Je guette l'écho de chacune de mes phrases, le murmure m'autorisant à poursuivre. Et je finis par avouer qu'on ne discute pas beaucoup, lui et moi, mais que je ne veux pas qu'il parte. Il n'est pas de ces hommes-là. À mes yeux, malgré ses pas de côté, il fait partie du clan de ceux qui restent. Même à neuf cents kilomètres. Même sans se voir. Même sans se comprendre.

Je me rappelle qu'il émet un rire gêné. Dans le creux de mon oreille, il ravale sa pudeur et me répond que lui aussi. Il me le répète faiblement. Lui aussi tient à moi.

C'est la première fois qu'il me le dit et sa confidence s'élève au-dessus de nous comme un halo de lumière. Je ne suis plus dans une avalanche mais sur une plage. J'ai envie de sauter dans ses bras. J'ai envie de courir à ma fenêtre et de crier ma joie aux passants.

Il est mon beau-père.

Je suis sa belle-fille.

Mes souvenirs affluent.

Je ne pense qu'à lui les deux jours suivants. Chaque matin, je redoute les résultats et me prépare au pire. Je le rappelle. Je le réveille. J'entre dans son silence et y dépose des rubans de mots. Des mots venus de loin. Des mots jamais prononcés que je couds ensemble pour la première fois. J'envoie un message au fils qu'il a eu sur le tard avec ma mère. Soudain, cet enfant n'est plus un inconnu qui a pris ma place et eu la chance d'avoir un père. Ce n'est plus un demi-frère, moitié de garçon renfermé et impulsif que je tiens à distance et qui me le rend bien, mais ma famille. Il est mon sang, ma fratrie. On fait partie de la même bande. On est attachés aux mêmes parents. On verse les mêmes larmes. Les peines rapprochent plus que les joies et je sens enfin un lien entre nous. Même s'il ne me répond pas, il soutient ma mère au chevet de mon beau-père et partage mon angoisse. Je ne suis plus seule, loin des miens. Je suis avec eux. La conscience de la mortalité de mon beau-père me renvoie à sa réalité. Il est vivant. Sans doute pas éternel, mais vivant. Et à sa manière, il a été là en ton absence. Je ne peux pas continuer de le jeter dans le trou, lui aussi.

Il flotte courageusement à la surface. Il est partout. Il t'a remplacé et je ne m'en suis pas rendu compte.

Et puis trois jours plus tard, ma mère me surprend aux aurores. Sa voix sautille dans le micro du téléphone. Elle ne ménage pas sa surprise et me crie la nouvelle sans reprendre son souffle. L'oncologue s'est trompé. C'est fou, non ? Elle rigole. C'est un filet de rire qui ruisselle péniblement, mais j'entends le soulagement qui irise chacun de ses mots. Son mari n'a pas de cancer, c'était une mauvaise interprétation. C'était un cauchemar. C'était n'importe quoi. Le ciel se renverse. Le bleu traverse à nouveau la fenêtre et se répand dans ma poitrine.

C'est ce même bleu qui remplit la voiture de ma mère lorsqu'elle vient me chercher à l'aéroport deux semaines après. Les mains abandonnées au volant, elle me raconte l'absence d'excuses du médecin, l'ordonnance de soins un peu floue, l'énergie accrue. Elle sourit en remarquant que cet épisode a au moins eu le mérite de leur faire établir leur testament.

Le regard fixé sur la route, elle m'apprend alors qu'ils ont légué la maison de mon enfance à mon demi-frère. Et à moi, la grange aménagée dans les montagnes. Je n'écoute pas la suite. Tout se brouille. Je me souviens d'avoir chaud aux joues comme si ma mère venait de me gifler. La chaleur se répand dans mon corps, sur mon siège. Elle se mêle à ma surprise et à ma honte. Oui, ma honte. Je pense que c'est cette émotion qui m'étreint en premier si j'essaie de revivre la scène.

Ma mère continue de parler en passant les vitesses, mais ses explications me parviennent à travers un écran brûlant. Mon beau-père a acheté nos murs quand il est venu vivre avec nous et il en est le principal propriétaire. Il est normal qu'il les lègue à son fils, en incluant sa participation à elle. On ne peut pas déshériter ses descendants. De son côté, elle a acquis la grange et elle est heureuse de pouvoir me la transmettre. Ça égalise ce qu'elle est en mesure d'offrir à ses deux enfants. Elle ponctue sa phrase d'un éclat joyeux et je m'efforce d'aller chercher l'adulte en moi pour comprendre. Accepter la règle. Ce n'est que matériel, un détail ou un symbole. Rien d'important.

Mais la réalité, c'est que je suis sous le choc. Écrasée. Mortifiée. Rappelée à l'ordre et à ma condition. La filiation est un don. La filiation est une reconnaissance. Je rougis. Je dois être écarlate. Je pense que je vais prendre feu. Me transformer en cendres. Je suis une cendre. Je m'appelle Sandrine. Je suis une poussière.

Je suis la belle-fille de Daniel, mais je ne suis pas sa fille.

58

Je n'ai pas reparlé de toi avec mon fils.

Après que tu lui as tendu la main dans mon dos, je me suis tue. À l'abri. À distance. Mais alors que je regarde un soir le film *Toni Erdmann* de la réalisatrice allemande Maren Ade, la question de la relation père-fille à l'âge adulte me bouscule à nouveau.

Les pères sont courageux. Les pères sont invincibles et indépendants. C'est ce que toutes les fillettes se chuchotent dans la cour de récréation. Sauf que c'est plus compliqué après trente ans si j'en crois Ines, le personnage principal. Parce que les pères vieillissent. Les pères perdent leur force et leur pouvoir. Les pères meurent. Peut-on vraiment vivre en ignorant celui qui nous a donné le jour, quand on sait qu'il respire encore à quelques kilomètres de là et qu'il est sans doute plus maladroit que méchant ?

L'ambivalence d'Ines crève l'écran.

Cette pensée trace une diagonale dans ma tête et j'entrevois soudain une suite à notre histoire. C'est une ascension fragile. C'est une confrontation possible avec un homme aux cheveux blancs et au nez de clown. C'est la vision d'un chapiteau où agiter ma colère et brandir un adieu avant qu'il ne soit trop tard. C'est mon téléphone que j'attrape pour demander tes coordonnées à mon ex-mari.

Assise dans mon canapé, je me trouble quand même un peu en enregistrant ton numéro dans mes contacts. Te faire entrer dans mon carnet d'adresses est un tour de passe-passe, une incongruité. Les chiffres sautillent. On dirait un spectacle de magie. Pourtant, ils sont bien réels. Et c'est ce réel qui me rattrape. C'est avec ce réel que je joue comme avec un revolver à cet instant. Je le pointe sur ma tempe et guette les réactions de mon corps. Est-ce que j'ai peur ? Est-ce que j'ai envie ? On a souvent envie de ce dont on a peur.

Ce qui est fascinant, c'est qu'à peine j'intègre ton prénom et ton nom de famille dans la mémoire de mon téléphone que ton squelette me prend par la main. Il est fait d'os, d'articulations. Il est doux et menaçant. Face à lui, j'ai l'impression d'être une marionnette. Je me replie contre un coussin en attendant que quelqu'un tire les fils. Je suis sur le seuil d'une nouvelle histoire avec toi et je ne sais plus où j'habite. Je suis sur le seuil d'une maison dans laquelle je n'ose pas entrer. La porte est bloquée. J'hésite à donner un coup d'épaule, un coup de tête, un coup de pied, n'importe quoi pour me forcer à avancer.

Je tente alors de rédiger un texto.

Mais mes mots se cognent. Je veux. Je ne veux pas. J'ai lu qu'un enfant sur six naissait en dehors de la reconnaissance paternelle. Ne pas avoir de père est plus commun que je ne l'imaginais. Ça pourrait ne pas faire mal. Mais au bout d'une énième tentative pour m'en convaincre, je renonce à t'écrire et jette notre cinquième rencontre avortée par la fenêtre.

Je suis un cri.

Je suis une contradiction.

59

Ma mère me contamine.

Ça fait un quart d'heure que je bataille avec le vide, lorsque cette phrase jaillit de ma bouche.

Le psy émet un murmure d'encouragement et je m'immobilise. Je visualise l'aplomb terreux d'un ravin dans un coin de la forêt. J'essaie de reculer. Mais il ne me laisse pas le choix.

Ce que je veux dire, c'est que j'ai aussi peur de revoir mon père à cause de ma mère, je crois. En dépit de la distance qui caractérise notre relation, je lui suis tellement attachée que j'ai parfois l'impression d'être elle, enfermée dans ses angoisses et ses émotions. Je suis en train de discuter avec Pierre et je quitte soudain mon corps pour me retrouver dans le sien. Encore aujourd'hui, alors qu'on se croise peu, je me vois soupirer avec ses épaules, rire avec ses lèvres, regretter avec ses yeux. On se ressemble physiquement et c'est comme un masque qui s'écrase sur mon visage avec vingt et un ans et des kilos en plus. Comme une ombre qui prend le contrôle de mon cerveau et m'empêche de démêler mes propres désirs et besoins.

Comme si elle m'avait jeté un sort.

Le psy rebondit, mais il s'exprime si faiblement que j'ai du mal à l'entendre. Des ouvriers rénovent l'ascenseur dans l'immeuble depuis quelques séances et le bruit des scies électriques avale sa remarque. Je me demande si c'est un fait exprès. Je l'invite à répéter et il ne se fait pas prier.

Votre mère vous contamine ?

On dirait qu'il se frotte les mains. Puis il cite Lacan qui a, paraît-il, utilisé le même terme. Mais devant ma perplexité, il vulgarise aussitôt.

La mère donne. Souvent trop. Elle fusionne. Elle influence et corrompt. Mais c'est parce qu'elle sait qu'elle est la mère. Elle a porté son enfant. Elle l'a mis au monde. Elle n'a aucun doute sur son pouvoir. Le père, lui, ne sait pas. Personne ne sait. Le père est toujours incertain. C'est la mère qui le fait devenir père. C'est la parole de la mère. C'est la manière dont elle le fait exister par les mots, puis par les actes devant son enfant.

Je réfléchis. J'essaie d'étouffer le cuir du divan qui gémit en même temps qu'une perceuse dans la cour. Ma poitrine se creuse. Qu'ai-je dit déjà ? Ma mère me. Le verbe se perd dans l'ourlet de ma mémoire. Je prends quelques secondes pour le retrouver. Ma mère me.

Contamine.

Je rappelle alors au psy que tu m'as confié avoir cherché à me revoir quand j'avais deux ans et que ma mère a refusé. Il me demande si je lui en veux. Non. Une de mes tantes m'a un jour affirmé que ma mère avait agi ainsi pour me protéger et je l'ai crue. Selon elle, ma mère savait que tu nous abandonnerais à nouveau elle et moi, et elle a décidé que c'était mieux que tu ne reviennes pas du tout. C'était sans doute aussi plus confortable pour elle.

Le psy se gratte la gorge et je ne suis plus sûre de ne pas en vouloir à ma mère. Si je regarde les faits en face, c'est elle qui a décidé que je n'avais pas besoin d'avoir un père. Même un week-end sur deux. Sans explication, elle t'a gommé de ma vie, jeté hors de sa parole, enfermé dans le donjon des non-dits auquel les fillettes n'ont pas accès. À l'abri dans son amour, elle m'a gardée pour elle.

Ce qui est curieux, c'est que je réalise que je ne lui en ai jamais fait le reproche. Consciemment, du moins. Je n'ai même pas cherché à obtenir les réponses aux questions qui me dévoraient la tête lorsque j'étais petite. Comme elle, je n'ai pas mis les mots. Je ne t'ai fait exister que dans le secret de ma tête. Pour moi aussi, c'était sans doute plus confortable.

Il se tait et le plafond du cabinet se fissure au-dessus de moi. Sous mes jambes, le plancher se dérobe. Je sens que je suis en train de glisser dans le trou. Il ne faut pas que je résiste. Je me laisse tomber et m'oblige à suivre le verbe que j'ai encore égaré. Il se défile, mais je le coince. Ma mère me.

Contamine.

Le psy me laisse tourner autour de ma pensée et je tente de saisir ce qu'elle éveille en moi. Du flou.

Beaucoup de flou. C'est parce que ma mère m'a voulue pour elle seule que j'essaie de combler les blancs depuis toujours. Parler. Écrire. Remplir les creux et les failles et les fossés.

Faire semblant.

La réalité me secoue soudain. Même si je le souhaite à nouveau un jour, il me sera difficile d'être ta fille. Car il n'y a pas eu de parole. Il n'y a pas eu de filiation à laquelle accrocher mes mains d'enfant. Il n'y a eu que du blanc. Il n'y a eu que du vide. Il n'y a eu que du silence. Le silence de ma mère. Ma mère aussi est un ogre.

Le psy ne bouge pas et je retiens ma respiration.

J'attends qu'il conclue la séance. J'attends qu'il me félicite pour ma dernière phrase, qu'il exprime sa satisfaction de m'avoir menée au bord du cratère.

Mais ses pieds restent immobiles et je m'agite sur le divan de cuir. Les filles sans père grandissent dans l'ombre de leur mère et puis après ? Je m'agace. Vous pensez que je n'ai pas essayé de m'en libérer ? Je fanfaronne. J'ai mis sept cents kilomètres entre son ombre et moi.

Les jambes du psy se déplient dans mon dos. Le plancher grince sous son corps qui se libère comme un ressort.

L'ombre. On va s'arrêter là.

60

J'ai quarante-six ans et j'attends dans l'ombre.

C'est ce qui me revient. L'attente à l'écart du groupe. Et l'air gris du cimetière qui avale les conversations autour de moi. Ça fait comme une bulle insonorisée. Comme une main qui me pointe du doigt.

Je suis encore sous le choc de la mort de mon ancien chef photo et je piétine dans l'allée centrale plantée de marronniers aux troncs malades cet après-midi-là. Il y a de la poussière qui emplâtre mes semelles, un soleil froid. Il y a l'épouse de Philippe, sa fille, ses deux beaux-fils, leurs amis qui se tiennent et se soutiennent, collés par deux ou trois comme des grappes de raisin noir. Il y a quelques collègues du journal où il m'a accueillie il y a dix-huit ans. Et puis il y a le cortège qui se met en mouvement. Les pieds qui avancent qui s'arrêtent. Les corps en habits sombres qui se rassemblent autour des croque-morts. Il y a la femme rabbin qui parle. Il y a les enfants qui parlent. Il y a le vieil ami et patron de la rédaction de Philippe qui parle.

Il s'appelle Patrice comme toi.

Je me souviens qu'entendre ton prénom est comme un signe, comme une accolade, comme la justification de ma présence ici. Patrice retrace le parcours de mon chef photo, puis égrène les prénoms de la génération de trentenaires, bientôt quinquagénaires comme moi, que celui-ci a formée dans le journal où il était directeur de l'image et où j'ai été embauchée peu après notre dispute.

Il souligne que Philippe avait tissé des liens avec Stéphane, Elsa, Vincent, Karen, Gwendal, Bernard. Le cimetière se remplit de ces visages qui ne sont pas là et j'attends que Patrice lance mon prénom dans l'air. J'attends que Patrice me lie moi aussi à celui qui m'a offert un métier et son attention au moment précis où tu sortais de ma vie. J'attends que Patrice m'associe à cet homme qui m'a un jour qualifiée de grande rencontre en me prenant les mains à la sortie d'un restaurant, sans plus jamais me toucher autrement que par sa sensibilité, son élégance et sa présence fière et immuable à mes côtés. J'attends que Patrice me fasse entrer dans la lumière.

Je me rappelle les larmes sur mes joues tandis que je guette mon tour.

Mais Patrice termine son discours en enlaçant l'épouse et la fille, et l'évidence de ce que Philippe a été pour moi se perd sur leurs lèvres qui tremblent.

Leurs épaules se serrent.

Leurs mentons abondent.

Leurs regards me traversent.

Et leurs têtes se remettent en mouvement à la suite du cercueil qui chemine au-dessus d'elles.

La scène s'éclaire complètement et je me vois vaciller dans un coin de la foule qui se déplace. Je m'immobilise et m'oblige à ravaler mon trouble derrière mes lunettes noires. Taire mon désespoir. La famille ne comprendrait pas. Elle me projetterait dans une autre histoire. Je prends une longue inspiration et m'efforce de consoler la fillette qui se noie dans ma poitrine. Sécher ses yeux. Lui tendre un mouchoir. Avant de l'entraîner à la suite du cortège, en lui chuchotant que la filiation se fabrique dans le secret de deux cœurs et ne regarde personne d'autre.

Devant la pierre tombale en marbre gris qui a été relevée de son socle, je me comporte comme tous ceux qui sont venus rendre un dernier hommage. Je patiente pour me recueillir devant le trou et me signer le front. Les pieds au bord du gouffre, j'essaie de ne pas visualiser le corps de Philippe réduit en cendres, la terre barrant son regard qui m'a portée toutes ces années. J'embrasse mon poing et attrape une rose. Puis je m'avance encore un peu pour la jeter dans l'obscurité. Ne pas penser au manque. Ne pas fixer l'abîme qui s'ouvre devant moi, la chute possible à la poursuite d'un nouvel absent. Est-ce qu'on se casse le cou lorsqu'on tombe plusieurs fois d'affilée ? Non. Je crois que vient un moment où on ne se brise plus rien. On essuie ses joues. On remercie. On dit adieu aux morts, aux fillettes, aux fantômes.

Et on va vivre sa vie de vivante.

61

Je dois te revoir. Peu importe ce qu'il m'en coûte, je me suis réveillée ce matin avec cette certitude.

Assise seule dans mon lit en l'absence de Pierre, je m'appuie contre un oreiller et attrape mon ordinateur. Mais dans mon dos, la masse de plumes durcit. C'est un bloc de ciment. C'est un éboulis de pierres. C'est un champ de ruines. Mes épaules s'écrasent contre le tissu et j'essaie d'allonger mes jambes, mais l'espace me manque. Devant moi, ton souvenir prend toute la place. Tu es immense.

Tu n'as jamais cessé de l'être.

Depuis plusieurs jours, cette pensée m'obsède. Je ne dois ni t'écrire ni te téléphoner, mais te revoir. Me libérer de ton silence. Refaire le voyage comme lorsque j'avais dix-neuf ans. Chercher ton adresse, non pas dans un bottin, mais sur Internet cette fois. Les outils changent, les décennies filent, mais la démarche reste la même. Les filles sans père sont des éternelles chercheuses. C'est à ça qu'on les reconnaît.

Je décale l'oreiller et essaie de me rappeler ce que ton voisin m'a dit. Dans quelle ville habites-tu, déjà ? Ma mémoire résiste. Je la presse et la tords et la frappe, mais je dois me rendre à l'évidence. Elle ne cède pas. J'ai oublié les paroles de l'homme au regard gris. Je crois qu'il y a un endroit à part dans mon cerveau, un aiguillage spécial qui mène tous les souvenirs qui parlent de toi dans la forêt. En m'aventurant dans le sous-bois humide, je me souviens quand même qu'il y avait la lettre *f* dans le mot. Pourquoi cette sonorité me revient, je l'ignore. *F* comme quoi ? *F* comme elfe ? *F* comme œuf ? Que dirait Lacan ? Je m'égare.

Je ne sais pas ce que j'espère, mais je fais alors apparaître la carte Michelin sur l'écran. Les routes s'y croisent comme les veines sur le poignet d'un enfant. Mon pouls accélère pendant que je déchiffre la liste des communes. Fos-sur-Mer. C'est la première qui me saute aux yeux. Tu pourrais y habiter. Que se passerait-il si je venais frapper à ta porte ? Quelle histoire pourrait advenir maintenant que tout est dit ? Je sens pointer le risque, mais aussi encore un espoir. La nuit se retire. Les ombres dansent. Est-ce que le présent éclairerait le futur d'une autre lumière ?

Immobile au-dessus du papier quadrillé de rouge et de bleu, je scrute les lettres qui composent Fos-sur-Mer. Elles jettent leur indifférence à cent treize kilomètres de Toulon et je ne pense pas que ton voisin ait parcouru cette distance aller et retour pour venir acheter mon roman. Je réduis nos retrouvailles à un rayon de cinquante kilomètres. Je tombe sur Six-Fours-les-Plages.

Ça pourrait correspondre. J'observe les autres villes qui accueillent un *f* dans leur giron. Je repère La Garde-Freinet. Le *f* me semble trop rugueux. Flassans-sur-Issole. Trop mou. Lorsque ton voisin a évoqué la ville où tu vis, je me suis dit que je n'y étais jamais allée, mais que je la connaissais. Il y avait une familiarité, un écho âpre et chaud.

Je fais alors ce que j'aurais dû faire depuis longtemps, ce que j'ai évité de faire. Je tape ton nom et ton prénom dans un moteur de recherche. J'apprends aussitôt que tu as un profil Facebook et c'est comme si deux bras sortaient de l'écran pour m'enlacer. Tu es tout proche. Je ne peux plus faire semblant. Si j'appuie sur le logo bleu, je verrai même ton visage. Je verrai tes cheveux blancs ou ton crâne lisse, ton front ridé ou bruni, tes épaules sans doute voûtées. Je verrai un homme de soixante-cinq ans. Je recule ma main.

Je ne suis pas encore prête à affronter le réel.

À la place, je me rends sur le site societe.com. C'est de l'administratif et l'administratif n'a pas de corps. L'administratif brasse de la chair immobile et froide. Dès la première page, je crois comprendre que tu t'es installé à Brignoles, mais c'est une fausse piste. L'établissement a cessé d'exister en 2014 et son nom ne comporte de toute façon pas de *f*. Si je lis entre les lignes, tu y as emménagé en 2011, avant d'investir La Ciotat en 2014, délaissée deux ans plus tard. Je remarque que tu ne t'y adonnais plus à des activités photographiques selon le jargon consacré, mais à des activités artistiques relevant des arts plastiques. J'en déduis que tu as changé de métier cette année-là.

Tu n'es plus photographe. Tu ne vis plus sur une île du Pacifique. Tu n'es plus l'homme de quarante-cinq ans, blond et bronzé, avec qui je dialogue dans l'emmêlé de ma tête.

Le réel gagne du terrain.

Je retourne sur le moteur de recherche et bascule sur le site flick.com, une boutique d'impression d'illustrations à la demande. Tu y proposes un catalogue de photos et de peintures disponibles à la vente. Tu es donc devenu peintre, ça se confirme. Sous ton nom, une suite de mots creux m'invite à faire connaissance avec l'artiste, puis à le joindre grâce à un mail et à un numéro de téléphone.

L'ordinateur se met aussitôt à trembler sous mes doigts. Le sol se fissure. Le sentier menace de s'effondrer et je prends mes jambes à mon cou, la fuite. C'est plus fort que moi. Je ne veux pas encore te parler. Je veux laisser le réel cheminer dans mon ventre et sentir ce qu'il y creuse. Je veux la légèreté. Je veux la prudence.

Je passe la biographie impersonnelle et plonge dans les albums thématiques. Tu as photographié une brigade de lutte contre le narcotrafic dans les Caraïbes en 2010, les dockers du port de Sunda Kelapa en Indonésie en 2005. Dans ces années-là, tu as aussi voyagé aux États-Unis, à Cuba, au Cambodge, en Australie, en Haïti, en Algérie, au Chili. Les noms de pays se bousculent et je retrace peu à peu ton passé sans moi. Tu sembles avoir réussi à faire du reportage et j'en suis heureuse. Oui, j'en suis heureuse. On a ce goût en commun, une passion capable de nous faire galoper sur un bout de terre aride à l'envers du monde. Mais je remarque soudain que tu as pris des photos de Formule 1 à Monaco en 2012 et une série de Porsche Carrera en 2015 et je suppose que tu as fini par arrêter de bourlinguer. Si j'assemble les pièces du puzzle, tu es rentré en France et es devenu peintre à cette époque.

Le réel continue de progresser.

Je change de page et explore maintenant la galerie de peintures. Elle comprend cent neuf toiles. Les couleurs sont vives, denses, primaires. Certains tableaux me font penser à des œuvres de Miró, Kandinsky et Picasso, et je ne peux éviter de faire le lien avec les gouaches de mon beau-père. Lui aussi s'est mis à peindre en vieillissant. Lui aussi imite les œuvres des surréalistes. Je me demande un instant quelle responsabilité a ma mère dans l'émergence de ce talent chez les hommes qu'elle aime et puis je ne me demande plus rien. Je fixe la série de femmes aux yeux bleus qui se déploie devant moi. Je suis en apnée. Je suis en attente. C'est toujours le même bleu. Des morceaux de ciel franc. Des gouttes de pluie chaude. En comparant les dates, je découvre que la dernière a été peinte il y a deux mois. Elle porte un chapeau melon. Je pense à ta fille. L'une après l'autre, je scrute les cent neuf toiles. Je suis les cent neuf toiles. Je suis ces muses. Je suis ces femmes. Mais aucune n'a les yeux marron.

N'as-tu vraiment jamais pensé à moi pendant toutes ces années ?

Le réel m'agresse et j'hésite à continuer. La forêt est trop claire ou trop sombre. Je suis une enfant de la ville, je ne sais pas lire les empreintes dans la terre. Mais je retourne à l'accueil et une ligne de lettres minuscules attire soudain mon attention. Sous ton nom est indiqué l'endroit où tu vis. Six-Fours-les-Plages. Le *f* siffle. Le *s* ondule. J'avais raison. Mon inconscient avait semé des cailloux jusqu'à toi.

Sans attendre, je me rabats alors sur les routes du site Michelin. Je ne peux plus fuir. Il y a 764 km et 4 h 42 qui séparent Paris de Six-Fours-les-Plages. Ne plus tergiverser. Il y a une ligne rouge qui relie les deux villes sur la carte verte. Te retrouver. Avoir un père. Si je pars à 10 h 34 samedi prochain, j'arriverai à 15 h 29.

62

Je n'ai pas pu y aller.

Le psy remue dans son fauteuil. J'entends ses jambes qui se croisent ou se décroisent. Il me laisse quelques secondes pour dérouler ma pensée, puis me relance. Pourquoi ?

Je ne sais pas.

Le psy insiste. Mais si vous savez. Vous devez bien avoir une idée. Pourquoi n'êtes-vous pas allée voir votre père ?

Après un silence qui me semble durer une vie, je lui réponds que j'ai eu peur.

Ma voix se brise.

Ça aurait été plus romanesque, pourtant. Ça aurait donné une belle histoire, de beaux personnages, une belle fin. Je n'aurais plus eu qu'à sauter dans un autre train pour dire à ma mère que je tiens à elle et que je lui pardonne. Mais ça n'aurait pas été juste. J'aurais encore voulu remplir un blanc. Je dois accepter les choses comme elles sont. Le blanc est un chemin.

Le psy semble approuver et je poursuis prudemment.

Parce qu'il n'est pas mon père. Parce qu'il ne sera jamais mon père.

Un murmure.

Parce qu'il ne sera jamais réel. Parce que c'est un père imaginaire. Parce qu'il a quarante-cinq ans dans ma tête, l'âge qu'il avait la dernière fois que je l'ai vu.

Un craquement du parquet.

Parce que je suis une fille imaginaire.

Vous êtes une fille imaginaire ?

Ma voix se répand en petits morceaux tranchants.

Oui. Je ne suis pas une fille réelle. Je suis une adulte.

Et puis cette curiosité qui se glisse dans ma pensée.

Mon père a trois ans de moins que moi dans les images que produit mon cerveau.

Je suspends mes mots et fixe la lampe sans abat-jour. La lumière m'aveugle. Sous mon corps, les coutures des coussins se déchirent. Il y a une odeur de vase qui monte du cuir. Je suis au pied du trou.

Le psy attend.

C'est noir. C'est violent.

Et puis cette phrase qui jaillit de son attente.

J'ai peur de l'inceste.

Tout le reste de la séance est superflu. Je n'entends que ce mot que je viens de prononcer. Ce mot tabou qui s'abat dans la pièce et emporte tout. Je veux me cacher. Disparaître dans l'obscurité du divan. Ne plus tenir qu'à un fil, une couture. Ne plus tenir à rien.

Le psy me corrige d'une voix douce. On appelle ça de l'incestuel. C'est un inceste symbolique, un inceste fantasmé, qui a conditionné tous vos rapports aux hommes.

Je ne réponds rien.

J'ai mal partout.

63

J'ai quarante-huit ans et j'ai mal à la tête.

Quelques jours après ma dernière séance, je suis montée dans un train qui m'a conduite dans la forêt de Fontainebleau, au pied de ce chêne que j'étreins depuis dix minutes. Comment ce mot tabou, ce mot terrible, ce mot impossible est-il arrivé dans ma bouche ? Je n'ai été abusée par personne. Alors quoi ? Est-ce que toutes les filles sans père ressentent ce que le psy a appelé un sentiment incestuel ?

Ma migraine se dilue dans les odeurs de résine et je pense à toutes les femmes que j'ai croisées. Je pense aux bancales, aux courageuses, aux agressées, aux furieuses. Je pense à toutes celles qui parlent. Je pense aux lendemains. La psychanalyse comme la littérature s'enracinent dans ce terreau-là. C'est la sève. Dire ce qu'on ne dit pas. Dire ce qu'on cache. Dire l'intime. Dire les combats intérieurs. Dire les idées de travers. Dire la déconstruction des liens. Dire l'émancipation, parfois. Et partager ce possible. J'aime cette idée. À quoi bon écrire si ce n'est pas pour partager ? Et comment partager avec les autres si on ne sait pas ce qu'on partage ? On ne peut pas. Je ne peux pas.

La forêt bruisse de ce que je ne comprends pas et je continue de m'accrocher. De toutes mes forces, je serre le tronc auréolé de mousse. Je n'avais jamais fait ça avant. Serrer un arbre dans mes bras comme si c'était un homme. Blottir ma tête dans son cou. Est-ce que le cou des arbres console de tous les chagrins ?

Un parfum de térébenthine s'attarde dans mes narines. Je perçois des effluves de transpiration. C'est une odeur chaude, mouillée. C'est un relent viril et entêtant baigné d'essence. Je lâche le corps et m'enfonce dans les sous-bois.

Je dépasse un bosquet, puis bifurque sur un autre sentier étroit qui se jette dans des fougères. Le fumet me poursuit, mais j'accélère le pas. Je frôle des orties, enjambe un taillis qui m'observe à hauteur d'enfant. Une racine ou une ronce me fait trébucher, mais je ne tombe pas. Je trotte. Je cours. Derrière moi, le mot tabou commence à s'essouffler. Son ombre roule parmi les nèfles, les glands, les aiguilles, les cailloux, les toiles, les brindilles. Elle faiblit dans les mûriers. Elle s'efface presque entre les jambes tranquilles des hêtres qui m'accueillent à l'orée d'une clairière. Je reprends ma respiration. J'écoute le glapissement d'un corbeau. Même ta voix semble disparaître derrière le bavardage des oiseaux.

Je m'assois sur une souche et murmure. Promenons-nous dans les bois. Je fredonne. Tant que le loup n'y est pas. Ma comptine crève la canopée et les troncs des pins semblent se reculer pour me frayer un passage. Mais il y a toujours cette odeur de résine portée par l'ombre, cette odeur d'homme. Est-ce que les ogres laissent un parfum sur leur passage ?

Je reprends ma marche. Une mésange zinzinule. Une grive craille. Je respire la sève, l'humus. Je respire les écorces, toutes ces peaux creusées par les dents de bûcherons affamés. Je veux comprendre. Les branches font un toit au-dessus de ma tête, une grande main aux lignes de vie infinies. Je veux exister autrement. Entre mes pieds sillonnent des fourmis grosses comme des têtes d'épingle. Est-ce que le Petit Poucet en a repéré sur son chemin lorsqu'il suivait ses parents ? Est-ce qu'il a entendu le hululement inquiet des hiboux dans le noir ?

J'aimerais me rappeler chaque mot du conte de Perrault. Le père qui ne revient pas sur ses pas. La mère qui croit bien faire. Le dernier enfant mal aimé et comment composer avec ça. La mie de pain qu'il sacrifie pourtant pour ses frères et qui se perd dans le bec des oiseaux. L'homme immense qui les menace. Et la ruse. Et les couronnes. On devrait tous se bricoler des couronnes pour sauver sa tête.

Je ralentis et ferme les yeux. Je guette la caresse du soleil sur ma joue. Mais il fait toujours sombre et humide. Je fixe le bout du sentier, un halo de lumière. Est-ce qu'il y a des matins où les ogres n'ont plus envie d'inquiéter les enfants ? Est-ce qu'ils pleurent quand ils ont mal aux dents ? Est-ce qu'ils souffrent de solitude ? Est-ce qu'ils craignent de vieillir ? Est-ce qu'ils écoutent de la musique quand ils sont tristes ? Est-ce qu'ils retiennent leur respiration quand ils se promènent seuls la nuit ? Est-ce qu'ils savent danser ? Est-ce qu'ils aiment lire ? Est-ce qu'ils savent imiter le cri des chouettes ? Est-ce qu'ils ont déjà été amoureux ? Je veux savoir. Oui, je veux savoir.

Est-ce que les ogres ne font peur que dans les souvenirs ?

64

La ville baigne dans une lumière blanche. Les voitures disparaissent au coin des avenues. Les bus roulent vers nulle part. Les nuages et les mots échappés de ma bouche continuent de me tourner autour, mais je laisse les jours et les heures et les minutes les avaler. C'est une question d'endurance. C'est toujours une question d'endurance.

On est dimanche et je suis accoudée au comptoir d'un café. Sauf que ce n'est pas n'importe quel dimanche. C'est le troisième dimanche de juin. Derrière les façades des immeubles haussmanniens qui se dressent devant moi, la France s'apprête à célébrer la paternité. À quelques mètres, un panneau publicitaire montre un trentenaire avec un bébé. Il est beau et rit avec sa fille. Pour le féliciter, le texte invite sa famille à lui choisir un cadeau dans les rayons d'un grand magasin. Un peu plus loin sur le trottoir, un caviste rappelle que les pères sont forts, gentils, vaillants, et qu'ils adorent partager une bouteille de vin avec leurs fils devenus grands. Je guette la brûlure dans ma poitrine et avale une gorgée de thé. Le liquide coule, mais ne pique pas. Je repose ma tasse.

À travers la vitrine, j'aperçois un jeune homme avec un badge sur lequel une écriture ronde et crénelée a inscrit super papa, et je ne peux éviter de me demander ce que je faisais, moi, à l'école primaire, lorsque mes copains dessinaient « Bonne fête papa ! » en paillettes argentées sur des boîtes d'œufs. Est-ce que la maîtresse m'incitait à peindre pour mon papi dans mon coin ? Est-ce qu'elle se rappelait le blanc que j'avais laissé sur ma fiche d'information au moment de remplir la profession des parents au début de l'année ? Est-ce que les autres enfants me confondaient ? Je m'apprête à repartir courir dans les broussailles et puis je m'immobilise.

Je m'en fiche.

C'est un cri du cœur, soudain. J'ignorais qu'on pouvait crier si fort en silence. Je m'en fiche. C'est une confidence. Je m'en fiche. C'est un rire qui éclate jaune vif au-dessus du zinc. Je m'en fiche.

Vingt mois de juin se sont écoulés depuis la dernière fois qu'on s'est vus. C'est long et c'est court. C'est des kilomètres de jours et de nuits sans père. Que devient une fille qui n'a plus peur ? Elle devient une femme. Elle choisit de s'abandonner seule dans la forêt et ça lui donne du plaisir, de l'énergie, de la liberté. L'émotion me submerge.

Je remonte dans mon appartement et envoie un message à Pierre pour lui dire que je l'aime et que je me sens prête à inventer une nouvelle façon de danser ensemble, indépendants et désirants. Puis je m'assois à mon bureau. Je regarde le ciel par la fenêtre. Je regarde après la fenêtre. Je regarde après le ciel. Je regarde en moi.

Et je me mets à écrire.

J'écris ce qui vient sans savoir où ça me mène. Je me tiens au bord de l'écran de mon ordinateur comme au bord du vide. Et je saute. Et je vole. L'obscurité est nappée de rosée. Ouvrir les yeux. Je suis un enfant-bulle. Je suis une vamp. Je suis un soldat. Je suis. Oui, je suis. Forte et fragile. Discrète et exubérante. Simple et compliquée. Silencieuse et bavarde. Légère et réfléchie. Habile et maladroite. Je suis mes mots. Je suis mes rêves. Je suis mes angoisses. Je suis mes excès. Je suis mes contradictions. J'ai le droit d'être cette femme avec du vide à l'intérieur. Les ogres sont repartis dans leur cabane et je crois que je me suis libérée de ma colère. Je me suis libérée de l'idée de toi, mais pas comme je le pensais. Je me suis libérée de mon deuil de toi.

J'ai fait le deuil de mon deuil.

Le jour s'en va. La nuit se déploie. Et je continue d'écrire. Ça ne fait pas mal. Je reconnais dans mon corps la trace de ton absence et je l'effleure. Je la caresse du doigt. L'écriture naît toujours d'une blessure, d'une faille, d'un manque. Mais il y a un moment où l'absence ne prend plus le nom de manque. C'est là que ça devient intéressant. L'absence devient juste du rien. Du blanc. Un beau ciel blanc sans avions ni oiseaux.

Une page qu'on tourne.

65

Le psy m'observe, pendant que j'attrape mon sac au pied du fauteuil en cuir pour sortir mon chéquier.

Tous les mythes en arrivent tôt ou tard à l'inceste.

Ça fait trente-cinq minutes qu'on revient sur notre dernière séance. À nos places respectives de part et d'autre du divan, puis face à face comme parfois avant de se quitter, il continue de débrouiller les fils.

Le père est par définition impossible.

Je reste immobile avec mon sac sur les genoux et lui confie que je me sens différente depuis une semaine. À bonne distance des autres. J'ai l'impression que le trou se résorbe. L'armée des faux-semblants se disperse. Sans savoir ce que va devenir ma relation avec Pierre, j'accepte ce que je suis. Je ne fuis plus.

Mais le psy ne semble pas satisfait.

C'est par la parole que le père devient père.

Assis derrière son bureau immense, il me fixe droit dans les yeux. Le bleu de ses iris éclaire la phrase qu'il vient d'énoncer.

Je hoche la tête et lui murmure qu'il me l'a déjà dit. J'ai peur du désir des hommes parce que ma mère n'a fait exister ni mon père ni mon beau-père dans sa parole et je dois composer avec ça.

Mais le psy insiste.

La parole est le père.

Je quitte son regard pour promener le mien sur le parquet. La parole est le père. Soit. L'absence de parole est donc l'absence de père. J'ai compris. Je n'ai cessé d'esquiver le manque, la séparation, le silence, le vide, et de les remplir n'importe comment à cause de ça. Je vais apprendre à vivre avec du blanc, beaucoup de blanc. Et maintenant ?

Le psy élève le ton comme si j'étais sourde.

La parole est le père.

Il s'impatiente et je raisonne à voix haute. Chercher un père, c'est donc chercher la parole. C'est donc chercher les mots.

À peine je me tais que le psy se lève pour me raccompagner au seuil de son cabinet. Mais je ne bouge pas. Mon corps pèse un poids mort. Mon corps pèse une vie. Debout face à moi, le psy m'observe gentiment derrière ses lunettes en écaille. Je suis toujours pliée dans le fauteuil qui jouxte le divan où je me suis allongée tant de fois depuis un an et demi. Est-ce que ça signifie que l'écriture est le père ? Est-ce qu'écrire mon désir, ma tristesse, mon amour, ma peur, mon intimité, ma colère est une autre façon de trouver un père ?

Le psy ouvre la porte et je suis bien obligée de me lever.

Il me sourit.

Qu'en pensez-vous ?

66

J'ai un peu plus de quarante-huit ans et je pense que les ogres n'existent pas.

Merci au chœur des filles sans père

– Felice della Rovere (1483-1536), fille non reconnue du pape Jules II.

– Marguerite de Parme (1522-1586), fille non reconnue du roi Charles Quint.

– Anne Fitzroy (1661-1721), comtesse du Sussex et baronne Dacre, fille non reconnue du roi Charles II d'Angleterre.

– Olympe de Gouges (1748-1793), femme de lettres et femme politique, fille non reconnue du marquis, magistrat et écrivain, Jean-Jacques Lefranc de Pompignan.

– Violette Leduc (1907-1972), femme de lettres, fille non reconnue de l'architecte André Debaralle.

– Maria Pia de Saxe-Cobourg-Bragance (1907-1995), femme de lettres, fille non reconnue du roi Charles Ier de Portugal.

– Marilyn Monroe (1926-1962), actrice, fille non reconnue du contremaître Charles Stanley Gifford.

– Maria Schneider (1952-2011), actrice, fille non reconnue de l'acteur Daniel Gélin.

Et merci aussi

— À mon premier éditeur, Patrice Hoffman, qui, ignorant qu'il portait un prénom prédestiné, m'a donné confiance en mon écriture il y a quatorze ans et le courage d'aller au bout de ce texte aujourd'hui.

— À mes premières lectrices, Debora Kahn et Charlotte Milandri.

— À mes nouvelles éditrices, Capucine Ruat et Jeanne Grange, et à Cécile Rivière qui a si bien relu mon manuscrit.

— À Pierre Bisseuil, d'une manière ou d'une autre.

— À Mathieu Cester, Jean d'Aranjo, Daniel Daubin et Philippe Jarreau, mes patriciens.

Photocomposition PCA - Rezé

Achevé d'imprimer en mai 2024
par CPI BRODARD & TAUPIN (72200 La Flèche)
pour le compte des Éditions Calmann-Lévy
21, rue du Montparnasse, 75006 Paris